Johann Gottfried Herder, geboren am 25. August 1744 in Mohrungen, ist am 18. Dezember 1803 in Weimar gestorben.

Die ungeheure Produktivität Herders in den Weimarer Jahren drückt sich nicht nur in zahllosen Traktaten, Reden und Predigten, sondern auch in seinen Sammlungen und Übertragungen alter Dichtungen aus. 1778 erschien seine kommentierte Übertragung des Hohenliedes von Salomo, die »Lieder der Liebe«, von denen er sagt: »Die Liebe des Mannes und Weibes, Jünglinges und Mädchens, vom ersten Kuß und Seufzer bis zur reifen ehelichen Treue – alles findet hier Ort und Stelle.« Herders Nachdichtung orientalischer Liebeslyrik steht damit ganz im Gegensatz zu der bis dahin üblichen Deutung des Hohenliedes als »heilige Poesie« und stellt noch heute die im theologischen Bereich akzeptierte Auffassung des umstrittensten aller biblischen Bücher dar.

insel taschenbuch 2643

Johann Gottfried Herder

Lieder der Liebe

Johann Gottfried Herder
Lieder der Liebe

Die ältesten und
schönsten aus Morgenlande

Insel Verlag

insel taschenbuch 2643
Erste Auflage 2000

Hinweis zu dieser Ausgabe am Schluß des Bandes
Vertrieb durch den Suhrkamp Taschenbuch Verlag
Satz: Hümmer GmbH, Waldbüttelbrunn
Druck: Nomos Verlagsgesellschaft, Baden-Baden
Printed in Germany

1 2 3 4 5 6 – 05 04 03 02 01 00

Inhalt

Hunc librum suscepimus enarrandum, non studio ostentandae eruditionis, sicut quidam qui omnem operam ponunt in obscuros libros, quod scilicet et ad laudem ingenii faciat, ausum esse ea attingere, quae alii propter obscuritatem fugiunt, et in obscuris cuique liberum sit divinare, ac speculationibus seu propriis cogitationibus indulgere, sed ut repulsis ineptis opinionibus, quibus hactenus libellus hic obscuratus est, aliam commodiorem sententiam ostenderemus.

Luther. in cantic. canticor.

I.
Salomons hohes Lied

Er küsse mich
Mit seines Mundes Küssen:
Denn deine Lieb' ist lieblicher, denn Wein.
Wie deiner süßen Salben Duft,
So ist zerfließender Balsam
Dein Name:
Darum lieben die Jungfrau'n dich.

Zeuch mich dir nach! –
Wir eilen; mich –
Führete der König in seine Kammer.
Wir jauchzen, wir erfreun uns dein!
Gedenken an deine Liebe,
Mehr als an Wein –
Von Herzen lieben wir dich.

Vielleicht ward dieser Seufzer mit einer schmachtenden Blume, mit einer duftenden Morgenrose übersandt[1]; das sehnende Mädchen duftet mit hinüber.

Süß ist ihr auch des Abwesenden Kuß! ihr duften seine Salben. Wenn nur sein Name genannt wird, ist die Luft umher Balsam.

So liebt *sie* ihn nicht allein: so wird er von Allen geliebt. Alle ihre Gespielinnen wandelt der Duft seines Namens an »o wenn er mir, mir winkte!« – Und siehe, sie

1 Daß sich die Morgenländer solche Boten und Briefe der Liebe in Blumengeschenken zusenden, ist aus der *Montague* Briefen, *Hasselquists* Reisen (S. 37) *Guy's* Briefen u. a. bekannt.

ist allen vor. »*Zeuch mich! – der König hat mich in seiner Kammer.*« Sie jauchzet, sie erfreut sich an Ihm, genießt unvergleichbare Freuden.

Und gleich ist sie wieder in ihrer Freundinnen Kreise. Wie sie liebt, lieben alle, jauchzen alle, reden von seinen Umarmungen statt Weins und Freuden. Ihr aller Herz und Seele ist an ihm.

Könnet ihr euch einen Monarchen Orients denken, dem in seinem Garten der Liebe lieblicher geschmeichelt werde? Statt Eifersucht und Neides, statt Zanks und Untreu, ist aller Stimme nur Eine Stimme, aller Gedanke und Herz nur Ein Herz[2]. Ein schüchternes Täubchen bringt den Brief, und buhlt um ihn, aber nur als ihrer Schwestern Bote. Unwillig drang sich ihr Seufzer vor; und sonst genießt sie ihn immer. *Du* und *Er, Ich* und *Wir* wechseln: auch in der Ferne ist er ihr nahe, sie spricht mit ihm, wenn sie nur wünschet.

Die Stimme schweigt; es läßt sich ganz eine andere hören:

Schwarz bin ich und doch lieblich,
Ihr Töchter Jerusalem!
Wie der Kedarenen Gezelte,
Wie die Decken Salomons.

Seht mich nicht an, daß ich schwärzlich bin:
Mich brannte die Sonne.

2 Der Zustand der Weiber in Morgenlande ist aus mehr als Einem kläglichen Bericht der Reisenden bekannt: (s. Hasselquist S. 126. *Thevenot* u.a.) *Montesquieu* in seinen Lettres persannes hat ihn in den Briefen der Weiber an Usbeck darstellen wollen. Hier ist er ganz anders.

Die Söhne meiner Mutter zürneten mir:
Sie satzten zur Weinberghüterin mich,
Und meinen, meinen Weinberg
Hütet' ich nicht.

O sage mir,
Den meine Seele liebt:
Wo weidest du?
Wo lagerst du
Am Mittag? –
Daß ich nicht, wie eine Verhüllete, geh
Zu Herden deiner Gespielen.

»Und weißest du das nicht,
Schönste der Weiber;
So folge den Tritten der Herde nach,
Und weide deine Ziegen
Bei den Zelten der Hirten.«

Wie anders ist hier Alles! Dort Duft und Salben, Wein und Freuden, Freundinnen und Königskammern; hier eine Hirtin auf offner Flur, ein schwarzes von den Töchtern der Stadt beneidetes Landmädchen. Ein Kind der Sonne von Jugend auf, und auch jetzt, wie im Brande des Mittags lechzend. Ihr Geliebter ist selbst ein Hirt, der unter andern Herden weidet, den sie sucht, mit dessen Decke sie sich vergleicht, der ihr in eben dem Tone, als einem unbekannten schüchternen Landmädchen antwortet. Das ganze Stück atmet freies Feld, Mittagsruhe, Hirten und Landeinfalt.

So fängt die freie Unschuldige an, sie weiß, was sie ist

und nicht ist, fodert die Weißen und Zarten der weichlichen Königsstadt aus, und trutzt, der Liebe ihres Liebenden gewiß, ihrem höhnenden Blicke.

Sie redet von sich in einem Landgleichnis; aber wie meistens diese Gleichnisse sind, vielseitig, wahr, treffend. Die Zelte der Kedarenischen Hirten sind schwarz, grob, schlecht, von Kamelhaaren gewebt, im Sonnenbrande, so wie sie, lechzend; aber doch sind sie schön, »nichts ist anmutiger, sagen die Reisende, als eine weitläuftige Ebne voll dieser schwarzen Zelte.«[3] Dazu lagern sich die Kedarenen, d.i. die umziehenden Hirten, meistens in Gegenden, die sie *Rouhha*, d.i. schöne Luft nennen, wo sie Aussicht haben, und grüne Weiden und Wasserquellen, wo also das Herz des ziehenden dürstenden Morgenländers mit dem Anblick solcher Zelte erquickt wird[4]. – – Und daß endlich auch *Salomo* sie nicht verschmähe, daß auch Er unter solchen Zelten wohne; der Zusatz gibt dem Bilde die schönste Farbe. Sie ist in ihrer Niedrigkeit groß, in ihrer von *Salomo* geliebten Schwärze lieblich: –

wie Kedarenische Decken,
wie Salomonische Zelte.

Das Übrige ist in gleichem Tone der Unschuld und Landeinfalt. Ihre Neiderinnen macht sie zu Vertrauten ihres Schicksals, das hart war in früher Jugend. Ihre Brüder selbst, die sie »Söhne ihrer Mutter« nennt, um das Unrecht, das sie ihr taten, ganz zu zeigen, stießen sie aus ihres Vaters Hause. Sie mußte ihnen Magd, Weinberghü-

3 *Shaw's* Reisen, S. 193.
4 *D'Arvieux* Reisen, T. 3. S. 214. 215.

terin, werden; ihnen sollte sie Hab' und Gut bewachen, und ihre eigene, einzige Habe, der Reichtum, den ihr die Natur verliehen, ging damit unbarmherzig verloren. Wie ländlich abermals diese Vergleichung, daß sie die Schönheit schlechthin ihren Weinberg nennet! Ihr Reichtum ist nun dahin, durch den Blick der Sonne ihr geraubet – –

Und *da* wendet sich ihr Auge von allen gaffenden und neidenden Schönen, zu dem, der sie liebet. Sie schmachtet ihm nach[5], unbekannt und schamrot, lange wie eine Verlorne umirren zu müssen, nach ihm in fremden Gezelten zu fragen:

O sage mir
Den meine Seele liebet,
Wo weidest du?
Wo zeltest du
Am Mittag? – –

Er ist also Hirt, wie sie; nur sie mit ein paar Ziegen, und Er mit vielen Hirten und Herden. Und da wird ihr ein Wink ihres Geliebten, sich, unbekannt und schüchtern, lieber nicht von der Herde zu entfernen, in ihren Tritten zu bleiben und ihr paar Ziegen nah den Zelten seiner Hirten zu weiden: da finde sie ihn, sie, die Schönste der Weiber. – Schöne Szene der Hirtenunschuld!

Ganz anders tut es sich auf in folgendem Gespräche:

Meinem Roß an Pharao Wagen
Gleich' ich, o Freundin, dich.

5 Auch das Wort בעטיה übersetzt *Schultens schmachtend, schwindend:* selbst der Ton der Worte im Original schmachtet dahin.

Lieblich stehn in den Spangen deine Wangen:
Dein Hals in den Ketten schön.
Goldketten laß' ich dir machen,
Mit Pünktchen Silber gesprengt.

und ihre wetteifernde Antwort:

Wohin der König sich wandte,
Gab meine Narde Duft!
Ein Sträußchen Myrrhe sollt du, mein Lieber,
Mir zwischen den Brüsten ruhn!
Ein Palmenknöspchen bist du, mein Lieber,
Mir aus dem Engeddi-Garten.

Die Bilder sind uns alle fremd, aber schön: die vorige Szene der schüchternen Armut ist in Stolz und Pracht verwandelt. Da steht sie, die königliche Braut, wie das Prachtgeschöpf Orients[6], das Ägyptische Roß vor dem Königswagen. So ihr Wuchs, so ihre Zier. Hoch trägt sie ihren Hals in der Kette, ihre Wange an der Spange steht schön. Der König weiß nichts, als von neuer Pracht, von neuer Zierde – –

Nicht so die Geliebte; die ist an Ihm, nicht am Schmucke; in Liebe, nicht in Pracht. Sie spricht im Reiche der Blumen, nicht des Goldes: dies, auch in Geschenken, ist tot; ihre Bilder, ihre Denkmale von ihm leben.

6 »Das Pferd, sagt *Shaw*, ist das Eigentum und der Stolz Numidiens: heut zu Tage steht Ägypten allein im Ruf der besten Pferde.« Daß dies schon zu Salomons Zeiten gewesen, siehet man aus 2. Chron. 1, 16. Das Gleichnis gebärdet sich selbst gleichsam, wie ein Roß am Königswagen in seinem Prachtschmucke stolz.

Wohin er sich wandte, (oder nach andern, so bald er sich zu ihr wandte, so lange er mit ihr am Mahl war) *da duftete ihre Narde*. Sie fühlte seine Gegenwart, und duftet zu ihm und duftet schöner. Auch entfernt von ihm, ist er ihrem Herzen nah; *im Myrrhenstrauße*, den er ihr sandte, *kühlet er ihren Busen*, darauf übernachtend, als das lebende Sinnbild ihres Geliebten auch im Traum und Schlummer. – Endlich, (und das dritte Bild vollendet Alles) *er ist ihr die junge Blütentraube aus dem Palmenhaine zu Engeddi*[7], nach dem Sinne Orients das schönste Bild der Belebung, Frucht und Fülle.

Es ist nämlich bekannt, daß der weibliche Palmbaum mit einem Büschel männlicher Blumen bestreuet und belebt wird; oder man nimmt die männliche Blütensprosse, ehe sie ausbricht, und verhüllet sie in die kleinen Zweige der weiblichen Blume. In diesem Zustande heißt die Pal-

7 Über die Traube Kopher ist so viel gesagt worden, daß man hintennach gar nichts weiß. Und doch ist der Name noch jetzt in Orient der gewöhnliche Name: (s. Gol. p. 2048.) die Sprosse selbst ist von mehr als Einem Reisenden genau und recht mit Liebe beschrieben; (s. *Hasselquist* S. 133. 223. 224. 231. 232.) auch der Garten Engeddi (2. Chron. 20, 2. Chazazon-Thamar, d.i. die Beschneidung des Palmbaums, so wie Engeddi selbst von גדה evulsit herkommt) der noch beim *Josephus*, *Plinius* und *Solinus* als ein Palmenhain, nahe der Palmenstadt Jericho, bekannt ist, lässet uns über die angezeigte schöne Bedeutung wohl keinen Zweifel. *Hasselquist* hätte sich also nicht wundern dürfen, warum er in Engeddi keine Zypertrauben mehr finde, da sie nie da gewesen; noch hätte er die Rheinsche Traube bei Hebron vom König Salomo herleiten dürfen, (S. 256. 257.) da in den Zeiten der Kreuzzüge wohl mehr Weg vom Rhein nach Hebron war, als zu Salomons Zeiten. Kampfer und Zyperöl kann man noch lieber vergessen; denn kurz, hier brauchts keines unbestimmten Ratens weiter, Name und Sache sind klar, und der Zusammenhang bestätigts auf die schönste Weise.

menblüte *Kopher*, d.i. verhüllet: sie mußte noch unausgebrochen, und voll des feinen, frischen, aromatischen Taues sein, der die erste Frische der Datteln an Anmut und Würze übertrifft. In der weiblichen Blume *verhüllet*, haucht er sie an mit Duft und Leben. Kann ein schöner Bild gefunden werden, das da sage: »Ohne dich sind meine Blüten leblos; dein Atem, ein zarter, junger, frischer Himmelstau, macht Alles in mir lebendig mit neuen Kräften, Gefühlen, mit neuer Schöpfung.«

Und das sagten die vorigen Bilder *Nardus* und *Myrrhe*; und die *Palmensprosse* sagts am schönsten. Was ist ein Jüngling, dessen eigenstes Bild diese verschloßne süße Lebensblüte sein kann? Wie zart ist die Liebe, die ihn also betrachtet, also liebet und sich als blühenden Palmbaum fühlet! Und da in Orient dies Alles Natur ist, da die Geliebten keine schönere Sprache haben, als daß sie einander Blumen zusenden, sich damit fragen und Antwort geben[8], und jede in diesem Wörterbuch der Liebe ihre bestimmte Bedeutung hat; du übernachtende Myrrhe[9] und du verhüllte Palmenblüte, wie übertrefft ihr Gold und Kleinode, als Andenken des Geliebten!

O schön bist du, meine Liebe,
O schön bist du!
Deine Augen Täubchen – –

8 S. die Blume *Muscherumi* bei *Hasselquist* (S. 37.)

9 Die Myrrhe übernachtet ohne Zweifel im Büchsgen, und nicht als Blume; wozu aber solche ermattende Ausführlichkeiten für uns? in einem Gedicht der Liebe!

»O schön bist du, mein Lieber,
Auch hold bist du,
Und unser Bette grünt.

Die Balken unsrer Häuser Zedern,
Die Wände Zypressen;
Und ich die Rose des Feldes,
Die Lilie im Tal.«

»Wie die Lilie unter den Dornen,
Ist meine Freundin unter den Töchtern.«

»Wie ein Apfelbaum unter den Bäumen
im Walde,
So ist mein Lieber unter den Söhnen.
In seinem Schatten
Erquick' ich mich,
Und sitze nieder,
Und seine Frucht
Ist meinem Munde süß.

Er hat mich geführt
In ein Haus des Weins!
Und sein Panier,
Über mir droben,
Ist Liebe.

O stärkt mich mit dem Weine!
O labt mich mit den Äpfeln!
Denn ich bin krank für Liebe.

Seine Linke
Mir unterm Haupt.
Seine Rechte
Umfaßt mich.«

»Ich beschwör' euch, Töchter Jerusalem,
Bei den Hinden, bei dem Rehe der Flur.
Wenn ihr sie weckt!
Wenn ihr sie regt! –
Bis es ihr gefällt.

Welche süße Träumerei der Liebe! Gelänge es mir, sie, die so mißverstanden ist, in ihrem fortgehenden Rausch und Fluge zu entwickeln, welche Szene des Paradieses! –

Das Lob des Geliebten an seine Liebe fängt an; er will ihre Schönheit schildern, und der erste Zug derselben, der erste Zug der ersten Beschreibung im ganzen Buche ist – Bescheidenheit und Unschuld. *Ihre Augen sind Täubchen*[10], schüchterne Täubchen.

Und als solche beweiset sie sich sogleich. Sie unterbricht seinen Gesang, sie will nicht ihr Lob hören.

Sie lobt ihn; aber auch nur mit Einem Zuge. Die Tochter der Unschuld blickt umher, und die ganze Natur um sie wird Paradies, Palast, Brautbett der Liebe. Die hohen *Zedern* sind für sie gepflanzt, *zu Balken ihres Hauses* der Liebe: die immergrünenden *Zypressen* für sie gereihet, ewige *Wände ihres Hauses* der Liebe; und was ist *sie* in diesem großen schönen Tempel?

10 Das Lob der Schönheit fängt bei den Morgenländern immer von den Augen an. Ohne Gazelle und Augen derselben ist keins ihrer Liebesgedichte. (S. *d'Arvieux* T. 3. S. 249.)

Rose des Feldes!
Lilie im Tal!

Welche Bescheidenheit! welche Demut! Die Zeder hat Gott gepflanzt, die Zypresse »steigt wie eine Pyramide zu den Wolken, der größte Schmuck, den die Natur den Gegenden schenkte«[11]; und sie ist die Blume des Feldes, womit die Natur dort Alles bedeckt hat, das Veilchen, die Maiblume, die sich unter den Füßen des Wanderers verlieret. Es ist unrecht, daß man hier den Zusammenhang durchs Kapitel trennte und die Blume Sarons zur größten Prachtblume machte; sie ist, auch im Munde Christi, das Bild der schönen Niedrigkeit, der lieblichen Demut[12].

So nimmt auch ihr Geliebter das Bild; aber er verwandelts in Hoheit. »*Lilie*, – ja *wie die Lilie unter den Dornen, so du unter den Mädchen.*« Und sie, die abermals, wie ein Veilchen, sich dem Lobe verbirgt, gibts ihm mit Wucher zurück. Er wird ihr ein schöner blühender *Apfelbaum unter den wilden Bäumen*, (mit denen dort ebenfalls die Gegenden bedeckt sind,)[13] und das Bild wird ihr ein ganzer Traum der Liebe. Da *sitzt sie* unter

11 Es sind dies *Hasselquists* Worte, S. 32. 36, der noch hinzusetzt, »daß man, da sie Sommers und Winters dem Gesichte und Geruch so angenehm sind, in ihnen recht die grünenden Gebeine der Toten sehe.« Lauter Bilder also vom unsterblichen Immergrün in diesem Tempel der Liebe.

12 Matth. 6, 28. Alle Reisebeschreiber melden, daß die schönsten Blumen, Tulpen, Anemonen dort wild wachsen und Tal und Feld und Füße der Hügel zieren. S. *Hasselquist* S. 34. 220. *Pocock-Schreber* T. 2. S. 8. Da nun Saron auf einer weiten Ebne lag, so braucht man keine weitere Erklärung dieser lieblichen Tal-Anemone.

13 S. *Hasselquist*, S. 44.

dem holden Baum und *erquickt sich in seinem* weiten *Schatten*, und droben *lachen liebliche Früchte*. Sie *begehrt, genießt*; wie süß dem Munde! wie kraftvoll! Sie ist nicht mehr unter dem Baume, sie ist entzückt *in ein Haus des Weines*[14]. Der Baum, der über ihr webet, dünkt ih-

14 Die Worte: »er hat mich ins Haus des Weins geführt!« fangen hier offenbar keine Szene an, als ob sie kalt erzählte, wohin sie geführt würde. Sie ist ja noch im Folgenden unter dem Apfelbaum und will mit Äpfeln, mit der Frucht ihres Geliebten, erquickt sein. Es ist derselbe Ausruf, der im ersten Liede da war, »er hat mich in seine Kammer geführt«, wo sie auch nur in der Entzückung war und sich freute. Daß Salomo insonderheit den Ausdruck: *Haus des Weins* für *Ort der Entzückung*, der *Freude* geliebt habe, sehen wir Sprüchw. 9, 5. wo die Weisheit sogar in ihr Haus des Weins (doch nicht in den Weinkeller!) einladet. Überhaupt ist aber dies schöne Gemälde so verunziert worden, daß ich nicht wüßte, wo anfangen oder aufhören, wenn ich widerlegen wollte. Er soll sie in den Weinkeller führen, wo das Aufhängezeichen, das Schild am Wirtshause, der dicke Amor ist, wo sie sich mit vollen Flaschen sättigt und noch mehr will und endlich auf Äpfeln schläft – O Sitten! o Sitten Morgenlandes! o Zucht! o Liebe! Kannten die Morgenländer den fleischigten Amor? malten sie ihn an die Fenster? die Jungfrauen, liebten sie solche Häuser? und führte sie ihr Liebhaber hinein? und wird ein Lied der Liebe, wie das Unsrige, so etwas singen? Auch die schöne Erklärung: *oppugnat* me (quasi pugnis) sub vexillo amoris ist dem Texte ganz fremde. Das *Panier der Liebe* ist nichts, als das Bild des Baumes so wie die Morgenländer *Panier* von jedem hohen webenden Zeichen sagen, und ja auch in diesem Buche das *Panier* so oft vorkommt. Die *Liebe* ist kein personifiziertes Abstraktum, sondern der Einfalt der Zeit gemäß wird es, selbst in diesem Buche, so oft mit dem geliebten Gegenstande selbst verwechselt. Also sind auch die Weinflaschen V. 5 was sie sind, und dürfen keine arabische Wurzelkräuter werden. Das folgende Komma erklärt sie sogleich, durch Äpfel: d.i. die Frucht vom Bilde ihres Geliebten. Wüßten wir genau, von welcher Frucht die Rede ist, so würden wir auch vielleicht in der Gestalt die Übereinstimmung sehen. Kurz, sie will nur durch ihren

rem zunehmenden süßen Rausche *Panier der Liebe*. Sie *schwimmet*, sie *schwindet* im Meer seiner Kühle und Entzückung: die süße Frucht ihres Geliebten, *Apfel* und *Weinhülle*, dünkt ihr Eins; »*o labt mich mit dem Weine! o stärkt mich mit den Äpfeln! denn ich bin krank für Liebe.*« Sie sinkt, und was bisher Bild des Baums war, wird im Traume in Wirklichkeit und Person verwandelt:

»Seine Linke
Mir unterm Haupt:
Seine Rechte
Umfaßt mich.«

Sanft zerrinnen ihre Sinnen unter dem webenden Baum im Schoße der Natur, Unschuld und Liebe.

Und ihr Geliebter singt das süße *Schlummerlied*, bei dem gleichsam die ganze Natur feiert. Das flüchtige Reh, die leise Hindin schweben vorüber und scheuen sich zu rauschen; »*ihr Töchter Jerusalems*, Gespielinnen, folget dem Beispiel, *weckt sie nicht, regt sie nicht, bis sie selbst erwacht.*« Sie schläft im süßesten Genusse, dem Traum der Liebe. Der Augenblick ist so schön, daß noch am Ende des Buchs dieser Apfelbaum vorkommen wird, als ein Andenken der schönsten Jugend, den damals gemachten Bund auf immer zu festen.

O ihr Bräute jugendlicher Unschuld, Liebe und Freude, kennet ihr etwas süßers, als die Zeit, da euer Geliebter

Geliebten erquickt sein: sie ruft: *stützet, haltet*, d.i. stärkt, labt mich, daß ich nicht sinke; nicht, bettet mich auf Weinflaschen, Äpfel und arabische Kräuter. – Verfehlt man den Fortgang der Phantasie, so ist das Süße des ganzen Bildes verloren.

euch Alles war, und Alles in Hoffnung, in Ahndung ungefühlter Freuden? Träumt ihn lange, den seligen Traum Adams und Eva's im Paradiese: umarmet den geliebten Baum und labt euch, und sehet in ihm das Panier der Liebe weben. Noch ist euch die ganze Natur Brautbett: alles Grünende euer Haus, alles Himmelansteigende euer Portal, eure Krone. Konnte Gott dem Adam im Paradiese mehr geben, als diesen Traum zukünftiger Freuden? und wo er lebet, ist Paradies: das Mädchen, das ihn träumt, schlummert in Unschuld. Schont sie, Jerusalems Töchter, wecket sie nicht: sie schläft noch als Königin der Natur, auch das wilde Reh hat vor ihr Ehrfurcht. Der Rausch ihrer Freude ist Hoffnung! ihr Panier ist die Liebe!

Stimme meines Lieben!
Siehe, er kommt!
Springt über die Berge,
Hüpft über die Hügel.
Wie ein Reh ist mein Lieber,
Wie ein flüchtiger Hirsch.

Siehe, da stehet er schon
Dahinter der Wand,
Schaut durchs Geländer,
Blinket durchs Gitter.
Er spricht mein Lieber,
Er spricht zu mir:

Steh auf, meine Liebe,
Steh auf, meine Schöne,
Komm! –

Denn siehe, der Winter ist über,
Der Regen ist über, vorüber!
Man sieht schon Blumen am Boden,
Die Zeit des Gesanges ist da.
Man hört die Stimme
Der Turteltaube
Auf unsrer Flur.

Der Feigenbaum hat seine Feigen
Mit Süße gewürzt.
Des Weinstocks junge Trauben
Duften schon.
Steh auf, meine Liebe,
Steh auf, meine Schöne,
Komm!

Mein Täubchen in den Spalten des Felsen,
In den hohlen Klüften der Steige,
Laß sehn mich deine Gestalt,
Laß deine Stimme mich hören,
Denn deine Stimme ist lieblich,
Denn deine Gestalt ist schön.

Daß dies Stück mit dem vorigen nicht zusammenhänge, siehet ein jeder. Dort entschlief das Mädchen unter dem Apfelbaum, im Traume des Geliebten, der ihr ein Schlummerlied sang. Hier ist er entfernt, lange entfernt gewesen: sie hat die Regenzeit des Winters, wie ein eingeschlossenes Täubchen in den Felsenritzen, zugebracht; jetzt erweckt sie, nicht Frühling, nicht Lerche, *sondern Stimme des Geliebten*, der fernher kommt und ihr Frühling und Freude bringet.

Von ferne *kennt* sie seine Stimme und *er ists. Er hüpft, er springt über die* kleinen *Berge*, von denen Palästina voll ist, *ein hüpfender Hirsch, ein springendes Reh. Da steht er schon hinter der* grünen *Wand, blickt durchs Geländer, blinkt*, wie eine ausbrechende Blume, *durchs Gegitter*, nun *spricht er*, nun *singt er*, horch! Alles, was Frühling und Liebe, Garten und Morgen geben kann, ist in dem Liede; der liebkosende Ton des Originals aber ist unübersetzbar.

Er ruft sein *Täubchen* aus der *Felshöhle* und lockt sie mit allem Reiz und Schmucke des Frühlings. Alles ist da, nur sie fehlt; auch das *Turteltäubchen*, ihre Gespielin. Alles dufte, blühe, singe; nur *ihre Stimme* und *schöne Gestalt* fehlen. – – Und sie läßt sie noch schweigen, das Täubchen antwortet nicht. Es ist offenbar ein einzelnes abgebrochnes Stück, der erste *Frühlingsbesuch der Liebe* –

Und in Orient, wo auf Einmal Frühling wird[15], wo, wenn die Regenzeit vorüber ist, die Natur erwacht und oft an Einem Morgen plötzlich eine ganz andre Welt zeiget, ists Zug vor Zug Wahrheit. –

Eben so das Folgende:

15 S. *Hasselquist* S. 261. »Die neuen Blätter brechen hervor, ehe die alten abgefallen sind, die mehresten Bäume haben daher keine Laubknospen.«

Faht uns die Füchse,
Die kleinen Füchse,
Die Weinbergsverderber,
Der Weinberg knospt.

Es hängt weder mit dem Vorigen, noch mit dem Folgenden zusammen: es ist ein einzelnes *Scheuchlied*, wie man ja Jagd- und Ernte-, Kriegs- und Fischerlieder hat; dem Schäferleben des Orients war dies Scheuchlied wider die sogenannten *Dibs oder Jackals*[16] nötig. Bekanntlich sind dies kleine Füchse, dunkler als diese, die in Orient in Herden gehen, alle Nacht um Gärten und Häuser belfern und den Früchten, insonderheit dem Weine, sehr schädlich sind. Der Sammler setzte das Lied hieher, ohne Zweifel, weil im Vorigen die *Jahrszeit*, zu der auch *knospende Weinberge* gehören, als blühend beschrieben ward. Das ist nun die *Zeit des Geschäfts* in diesem Liede, wie im folgenden, das eben so einzeln da stehet:

Mein Lieber ist mein,
Und ich bin sein.
Er weidet in Blumen,
Bis der Tag sich kühlt,
Und die Schatten fliehen.
Kehr um denn, o Lieber,
Sei wie ein Reh,
Wie ein flüchtiger Hirsch,
Über die Berge,
Die jetzt uns trennen. – –

16 S. *Shaws* Reisen, S. 155.

Ihr Geliebter ist im Geschäft seines Weidens. Er weidet *unter Blumen*, mir denen dort Tal und Höhen bedeckt sind. Fern von ihr; aber er wird *wiederkommen*, mit der *Kühle des Tages*, mit den *längern Schatten; wird wie ein Hirsch springen über die Berge*[17], die jetzt sie trennen. Das Lied ist unschuldig und süß; es versingt ihr die Zeit der Einsamkeit und der Entfernung, die lange schwüle Tagesstunde mit dem Andenken ihres Lieben. – Und nun ist *Morgen, Tag, Abend* gefeiert; hier kommt ein düstrer *Nachtgesang*, eben so schön und einzeln.

In meinem Bette suchte ich,
Die lange Nacht,
Den meine Seele liebet –
Ich suchte ihn und fand ihn nicht.

Ich will aufstehn nun,
Die Stadt umgehn,
In den Straßen,
In den Gassen,
Und suchen ihn,
Den meine Seele liebet;
Ich suchte ihn und fand ihn nicht.

Mich fanden die Wächter,
Die die Stadt umgehn:

17 »Die ganze dortige Gegend ist von Berg und Hügeln voll. Kaum ist ein Schritt zwischen ihnen. Es geht immer hinauf und hinab.« S. *Hasselquist* S. 45. 141. 148. Welch ein Bild gibt das, vom springenden Hirsch, vom hüpfenden Reh! Auch das Weiden unter *Blumen* ist Wahrheit, (S. Anmerkung 12) und keine Dichtung der Zier halben.

»Den meine Seele liebet,
Sahet ihr ihn?«

Ein wenig weiter, ihnen vorüber,
Da fand ich ihn, den meine Seele liebt.

Ich hab' ihn und will ihn nicht lassen,
Bis daß ich ihn führe
Ins Haus meiner Mutter,
In meiner Gebärerin Kammer. – –

Siehe einen Nacht- und Klagegesang voll Einfalt, Handlung, Schmerz und Freude. Welch ein *Tappen* und *Suchen* in der Finsternis *durch Nächte* und *Nachtzeiten*! Sie fährt in Träumen auf, *findet ihn nicht*; sie erträgts nicht, muß aufstehn, wandern durch Gassen und Straßen, und findet ihn nicht. Die Wächter der Stadt, das schnelle Fragen, das Vorübergehen ohne Antwort zu erwarten, sind so ängstlich; – – und da hat sie ihn endlich und will ihn nicht lassen. Der Mutter Haus, der Mutter Kammer soll ihre Beute festhalten und ihr nächtliches Suchen krönen – –

Abermals welche jungfräuliche Szene! In der Mutter Kammer ists, wo sie ihn hinführet, wo sie in Träumen ihn suchte, den sie unter dem Schleier der Nacht mit Angst und Eile sich erwarb – – sie will ihn halten und nimmer lassen. Ist sie dessen nicht wert, diese Liebe? Und siehe, der Geliebte singt ihr das Schlummerlied wieder:

Ich beschwör' euch, Töchter Jerusalem,
Bei den Hinden, beim Rehe der Flur,

Wenn ihr sie weckt!
Wenn ihr sie regt!
Meine Liebe,
Bis ihr es selbst gefällt! –

Das Lied stehet hier nicht so gut, wie zum erstenmale, da in der Kammer ihrer Mutter wohl weder Hinden noch Rehe, noch Töchter Jerusalems sind, sie zu stören.[18] Ohne Zweifel setzte es der Sammler her, weil es Nacht ist, und weil er ihr nächtliches Suchen und Streben jetzt mit süßer Ruhe krönen wollte. – –

18 Ich glaubte nicht, zu diesem Schlummerliede und zum Schwur bei den Rehen auf dem Felde eine Erläuterungsnote nötig zu haben. Da ich aber sehe, daß ein neuer Ausleger, uns am Hohenliede eben Geschmack zu lehren, die Worte so auslegt: »Eure Rehchen, ihr Töchter Jerusalem, mit denen ihr, wie die unsern mit Hündchen, spielt, sollen euch sterben, wenn ihr sie weckt –« so muß ich, nicht um der Rehchen und Hündgen, um des gesunden Verstandes willen muß ich rufen: Nein! Wenn Orpheus in der Hölle den Pluto beschwört

by the streams, that ever flow,
by the fragrant winds, that blow
o'er th' Elysian flow'rs –

will er denn, daß die streams nicht mehr strömen und die winds nicht mehr blasen und die happy souls nicht mehr in Elysium wohnen oder gar sterben sollen? Ists nicht offenbar: »*so wahr sie fließen, so wahr sie wehn*, so wahr die Rehchen auf dem Felde schlüpfen, ihr vorbeischlüpfen wie Lüftchen der Flur, und sie nicht stören; so wahr –« Kurz, es ist ein Schäferschwur, wie ja jeder Stand und jede Nation bei ihren Gegenständen, und zwar den teuersten und lieblichsten schwöret. Nun haben die Morgenländer zu Schäfergleichnissen nichts lieber, als das Rehchen – und ists hier nicht offenbar Reh des *Feldes*, nicht das Reh in der Stadt Jerusalem, »mit dem die Hausjungfern, wie die Unsre mit Hündchen, gespielt haben –« S. zu dieser und zur Weinkellernote Michael. not. 127. ad Lowth, p.m. 596.

Und da es einmal Nacht ist, läßt er noch mehr solche einzelne Nachtstücke folgen, die nicht mehr zusammenhängen, als eine Reihe schöner Perlen auf Eine Schnur gefasset:

Wer ist, die dort
Aus der Wüsten steigt?
Wie Säulen Rauch,
Wie Duft von Myrrhen und Weihrauch,
Und köstlicher Würze Duft.

Wir werden den Anfang dieses Fragments noch öfter sehen; es ist ohne Zweifel ein gewöhnlicher Liederanfang und Eingang einer neuen Szene in Orient gewesen, wie jede Nation und Sprache dergleichen hat. Hier steht etwas auf aus der Wüste, schlank und licht wie eine Säule Rauch, duftend wie Myrrhen und köstlicher Weihrauch; es ist den Morgenländern gewöhnlich, so die Erscheinung des Mädchens in Nacht und Dämmerung zu malen. Der zarte lange Wuchs ihrer Glieder wird die Rauchsäule; von Salben und Weihrauch muß bei ihnen Schönheit und Liebe duften.

Siehe das Bett, Salomo's Bett!
Sechzig Mächtige stehn umher
Aus den Mächtigen Israel.
Sie alle die Hand am Schwert,
Alle Kriegesgelehrt,
Jeder an der Hüfte sein Schwert,
Fürm Graun der Nacht.

Ein Prachtbett machte der König Salomo sich,
Aus Zedern vom Libanon.
Die Säulen macht' er von Silber,
Den Himmel von Gold,
Die Decke von Purpur,
Die Mitte gepolstert mit Liebe,
Für die Töchter Jerusalems.

Gehet hinaus und schauet ihn an,
Ihr Töchter Zions, den König
Salomo;
In der Krone, womit ihn seine Mutter gekrönt.
Am Tage seiner Verlobung,
Am Tage der Freude seines Herzens.

Ohne Zweifel gaben die vorigen Nachtszenen Anlaß, daß der prächtige Gesang, der auch mit *Nacht* und *Schrecken* anfängt, jetzt folget; aber in wie sonderbarer Verbindung!

Das Lied hat drei Strophen, wovon die beiden ersten in ihrem Ausgange offenbar zu einander passen. Das erste Bett ist so furchtbar, *»um des Grauens willen der Nacht«*, das zweite prächtig *»um der Töchter willen Jerusalems«*, das dritte vollendet des Königs Pracht und Herzensfreude.

Ward je eine Vermählung würdiger besungen? Der Gesang steigt vom Bett des Helden zum Bette der Liebe, von ihm zur Krone der Hochzeit und Herzensfreude. In jenem ist der König nur furchtbar, im zweiten beneidet und prächtig, in der dritten geliebt und selig. Das erste schmücken Helden, das zweite Buhlerinnen, das dritte

Mutter und die ewige Freundin. Der Brautkranz seiner Mutter geht dem Könige über Heldenruhm und Königskrone. – –

Die Vermählte erscheint hier nicht: sie pranget auf keinem Throne. Sogleich aber folgt, wie sie es verdient, ihr Lob, nicht durch Pracht, Gold und Reichtum, sondern durch Schönheit. Von nun an werden die Schilderungen kühner, denn es lieben sich zwei von der Mutter Vermählte:

O schön bist du, meine Liebe,
O du bist schön.

Deine Augen Täubchen,
Am Lockenhaar.

Dein Haar ist wie die Gemsenherde,
Die weidet vom Gilead.

Die Zähne wie die Lämmerherde,
Die neugeschoren aus der Quelle steigt,

Die alle Zwillinge tragen,
Und keins derselben fehlt.

Wie ein Purpurfaden deine Lippen,
Und deine Rede süß.

Wie ein aufgeritzter Apfel deine Wangen
Am Lockenhaar.

Dein Hals, wie Davids Turm,
Gebauet zur Waffenburg.
Tausend Schilde hangen an ihm,
Lauter Schilde der Helden.

Die zwo Brüste dein,
Wie zwo Zwillingsrehchen,
Die unter Lilien weiden. – –

Und weiter lässet ihn die bescheidne schamhafte Braut nicht sinken. Sie unterbricht seine entzückte Beschreibung:

»Bis der Tag sich kühle,
Und die Schatten fliehn,
Will ich dort zum Myrrhenberge,
Zu den Weihrauchhügeln gehn.«

Und der eben so bescheidne Liebhaber, der ihre Scham ehret und sogleich fühlt, warum sie seinem Lobe entrinnen wollte, fährt nachgebend fort:

Ganz bist du schön, o Liebe,
Kein Tadel ist an dir.
Mit mir vom Libanon, o Braut,
Vom Libanon wirst du kommen mit mir,
Wirst von der Höh Amana sehn,
Von Senir, Hermon weit umher,
Von den Wohnungen der Löwen,
Von den Bergen der Parden –

Du beherzest mich, o meine Schwester Braut!
Du beherzest mich mit Einem deiner Blicke,
Mit Einer Ketten an deinem Halse.

Wie süß ist deine Liebe,
Du meine Schwester Braut!
Wie süßer ist deine Liebe denn Wein!
Der Duft von deinen Salben
Als aller Duft!

Honig triefen deine Lippen, o Braut!
Milch und Honig ist unter deiner Zunge,
Der Duft von deinen Kleidern,
Wie Libanons Duft.

Ein heiliger Garte bist du, meine Schwester Braut,
Ein heiliger Quell, ein versiegelter Brunn,
Deine Gewächs' ein Äpfelparadies
Mit aller köstlichen Frucht.

Nardus und Krokus,
Zimmet und Kanna,
Weihrauch allerlei Art.
Aloe und Myrrhen,
Mit allen trefflichen Würzen.

Ein Brunn der Gärten,
Ein Quell lebendiger Wasser,
Die rinnen von Libanon –

Erhebe dich, Nord!
Und Südwind, komm,
Durchweh meinen Garten,
Daß seine Würzen fließen. – –

Die bescheidne Geliebte, abermals sein begeistertes Lob zu enden, als ob sie es nicht verstünde, hält ihn beim Wort:

So komme, mein Geliebter,
In seinen Garten
Und esse seine köstliche Frucht.

Und er, ihr abermals nachgebend:

Ich kam in meinen Garten,
O meine Schwester Braut!
Und brach von meinen Myrrhen
Und meinen Würzen,
Und aß von meinem Honig
Und Honigseim,
Und trank von meinem Weine
Und meiner Milch.
Nun esset, meine Geliebten,
Und trinkt, und werdet trunken, ihr Lieben – –

So endet dies unvergleichliche Stickwerk von Zucht, Einfalt, Liebe und Schönheit; gelänge es mir, nur einige Hauptzüge davon im Geiste Morgenlands zu verfolgen!

Die Schilderung der Gestalt seiner Geliebten ist ganz

in Bildern der lebendigen Natur, aus der wir so sehr hinaus sind. Die meisten Gleichnisse dieser Art dünken uns daher unnatürlich, morgenländisch und übertrieben; da in Orient hingegen sie beinah *bestimmte* Sprache sind, und daher auch in diesem Liede allemal wieder kommen, wenn der Teil menschlicher Schönheit, den sie abbilden, genannt wird. So sind die Augen mehr als einmal *blöde Täubchen*, die *hinter der vollen* schönen *Locke hervorblicken*; *das Haar* mehr als einmal die *Gemsen-*, die *Zähne* mehr als einmal die *Lämmerherde*; Natur und Wahrheit liegt in den Bildern! – Kann das zarte Haar, auch in seinem Herabfließen, im Fall seiner schönen Locke, lieblicher geschildert werden, als im Bilde jener glänzenden Herde, die weidend hie und da, und wie in Flechten und Locken den schönen Gilead hinabströmet? Die Fülle, die Weiße, die ununterbrochne Reihe, die Gesundheit und Wohlgestalt der Zähne[19], kann sie ein besser Bild in der *lebendigen* Natur finden, als von der Herde neugeschorner, neugewaschener Lämmer, wo jede Mutter Zwillinge trägt, und keine fehlt, keiner es mangelt? Wer nennet mir ein schöner Bild zarter *Lippen*, als den *Purpurfaden*, der *süße Rede* wie Gesang der Liebe haucht? und ein süßeres Bild der *zarten* errötenden *Wange*, als den Milch- und Blutsaft des aufgerissenen

19 Da die Morgenländer so sehr Reinigkeit des Mundes und gesunden Atem lieben; so ist auch deswegen für die Zähne kein besser Bild, als die *neugewaschene, neugeschorne* Herde. Was die Dolmetschung eines neuen Auslegers sagen wolle, daß die Schafe aus der Quelle kommen und prohibitae potu sind, verstehe ich nicht. Man muß auch nicht fragen: gibts eine Herde ganz gleicher Schafe, die alle Zwillinge tragen? u. dgl. Es gibt solche – hier im Munde der Geliebten.

Granatapfels? Der Hals, mit *Davids Turme* verglichen, ist oft belacht worden; ich weiß aber nicht, was hier im Punkte der Vergleichung treffender sein könne? Fest und rund und schön und geziert steht er über der Brust der königlichen Braut da; auch an ihm, wie an der stolzen Davidsfeste, hangt glänzende *Siegsbeute*, die einst ein *Held* trug, und überwunden freiwillig dahinzollte, das prangende Halsgeschmeide. So gehet es fort mit den Bildern bis auf die *Zwillingsrehchen, die unter den Lilien weiden*[20]; so lange Natur Natur ist, wird man aus *der* Schäferwelt und Gegend keine reizendere, lebendigere Bilder finden.

Dies war die Beschreibung ihrer Wohlgestalt und Schönheit. Da aber die sittsame Braut abbrach und kein weiteres Detail wollte, und der ihr nachgebende Bräutigam alles Übrige in zwei Zügen zusammennahm, »*ganz bist du schön, o Liebe! an dir ist kein Tadel*«, und doch nicht abbrechen konnte; welch andre noch entzücktere Schilderung macht er jetzt, nicht von ihrer Schönheit, sondern von ihrem *Reiz*, von ihrem Reiz in *Liebe* und *Freundschaft*. Ihre Kleider duften, ihre Lippen triefen Honig, Milch und Honig unter ihrer Zunge, der ganze Libanon in ihrem Gewande. Quell, Garte, ein Paradies von Bäumen, Würzen, Erquickungen, Labungen, Früchten – nichts tut ihm Gnüge, die Entzückung zu beschreiben, die ihm ihre Liebe gewährt. Er schwimmet und schwebt gleichsam auf allen den Düften und Blumen,

20 Bei den Morgenländern ist die Gazelle ein Bild alles Zarten, Schüchternen und Lieben. S. Bochart. Hieroz. P. I. p. 899. *Hasselquist* S. 564. *d'Arvieux, Shaw* u.a. Welch ein treffendes Bild des Schüchternen, Leise- und Stillweidenden hier!

Quellen und Kühlungen, die er nennet, und hat sich selbst noch nichts gesagt. Er befiehlt dem Nord und Süd aufzustehen und seinen Garten zu durchregen, daß die Würzen fließen, daß er noch begeisterter spreche. Welch ein pindarischer Schwung auf den Flügeln der Natur, der Regung und Liebe! nur muß man freilich in Morgenlande die Bilder sehen. Was ist ihnen dort eine *lebendige Quelle*, ein frischer *Strom*! wie teuer ein reiner *versiegelter*[21] Quell, und ein *Paradies* voll *Düfte* und *Würze*, ein heiliger *verschlossener Garte*! Ihnen wohnt Eden noch auf den Spuren, der Garte verlorner Liebe – –

Und zugleich ist alles so bestimmt, so örtlich. *Gilead* ist noch bis auf den heutigen Tag der lachende Berg voll weidender Herden aller Art und gleichsam voll regen Lebens[22]. *Libanon* noch bis jetzt die Höhe voll Zederduft, weiter Aussicht, insonderheit nach Damaskus hinab[23], voll Wildes und frischer Kräuter, das Vaterland der Ströme und Quellen. Da nun die ganze Stelle »*komm herab mit mir vom Libanon*«, bis zu der »*du hast mich beherzt gemacht, o Schwester*«, so mißdeutet und übel verstanden worden, so sei mir ein Wort näherer Entwicklung vergönnet.

21 *Den verschlossenen Garten* Salomos hat *Hasselquist*, (S. 167.) den *versiegelten Brunnen* Salomos *Pocock*, (T. 2. S. 63) und die versiegelte Wasserquelle *d'Arvieux* (T. 2. S. 191.) gesucht. und wie es recht war, auch würklich gefunden. Es wäre gut, wenn noch eine Gesandtschaft ausgeschickt würde, die beiden Rehchen und den runden Becher und den Weizenhaufen Salomons zu suchen; sie würden es gleichfalls finden.

22 *d'Arvieux* T. 2. S. 238.

23 *d'Arvieux* T. 2. S. 325. u. f. *Pocock* T. 2. S. 152. *Amana* und *Senir* sind die schönsten Seiten und Prospekte den Libanon hinunter.

Die Braut ist nicht *auf* Libanon, als ob er sie von *der* Schneehöhe mit seiner Stimme, wie ein Kind, herunter riefe, denn sie ist bei ihm, und was sollte sie bei Pardern und Löwinnen schaffen? Er singet sie ja, und sie unterbrach ihn eben. Da sie ihn nun aber mit einem Lustgange in den Myrrhenhain, in ein duftendes Schattenwäldchen unterbrach, und der Liebhaber sie im Lobe und Lieben nicht lassen wollte: so spricht er: »*Mit mir, meine Liebe, mit mir! willt du lustwandeln, meine Liebe*, da sind andre Gegenden, andre Aussichten. *Vom Libanon herab* will ich dich führen, *von seiner Höh Amana und Senir sollt du blicken: durch das Reich der Löwinnen und Leoparden bin ich mächtig gnug*, dich zu begleiten. Denn *du machst mich stark: ein Blick von dir macht beherzt*, ein Wenden deiner Halskette.« Und nun strömt ihr Lob unter dem Bilde *Libanons* und *Gileads*, des *Gartens* und der *Würze*, das, wie wir sehen, eben ihre unterbrechende Einsprache dem Liebling in den Mund legte.

Und so lasset uns noch mit einem Worte die so verkannte und gemißhandelte Einsprache der Braut feiren. Schönheit und Reize sind süß; aber eine Braut der Unschuld, Bescheidenheit und Schamröte soll man loben. Als ihr Liebhaber, ihr Vermählter, nur von ihrem Busen sprach, wandte sie sich; es unterbrach ihn ihre Lippe voll Milch und Honig. Und der Liebling fähret nicht fort, nennet sie von jetzt an nur *Schwester*, wählt auch in seiner Entzückung nur Gleichnisse vom *verschloßnen* Quell, vom *versiegelten* Garten, vom *heiligen reinen* Brunnen, als ob er mit jedem Wort ihr Ohr schonen und die Rose ihrer Schamhaftigkeit, die schönste Blume im Kranz ihrer Schönheit, feiren wollte. Und da er nochmals zu lang' auf den *Düften ihrer Liebe* schwebet, unterbricht sie ihn wieder, tut, als ob sie ihn nicht verstehe? ladet ihn in seinen Garten. Und er folgt ihr wieder, spricht: »das sei's zwar nicht, wovon er rede! *den Garten habe er* in allen seinen Reizen *genossen*«, *rufet* aber *seine Freunde und Geliebten in denselben*, sich mit ihm zu freuen, damit Er und Sie sich an ihrer Freude erlaben. – Süßer Streit der Liebe und Unschuld, der männlichen Entzückung und weiblichen Schamröte! sanft Gewebe, das die Hand des zartesten Künstlers spann und die Hand des Menschenfreundes in unsre Natur webte. Mit der Perle der Unschuld, mit der Rose der Zucht ist dem Brautschmuck seine beste Zier, dem Garten des heiligsten Vergnügens die schönste Blume geraubt, und der heiterste Quell trübe. –

Und siehe, eben von der Stelle des Hohenliedes, die sie so zart feiert, hat man sie verjagen, hat Worte der Unschuld zu schändlichen Zweideutigkeiten machen wollen, die nach allen Zeugnissen, alt und neu, der Orient gar nicht kennet[24], gar nicht leidet, sondern uns zweideutigen gesitteten Europäern als Schlamm und Schande ins Gesicht speiet. Was wäre denn *der Garte, daran der Liebhaber satt hat* und *seine Gespielen dazu einladet*? was wäre er im Gefühl des eifersüchtigen reinen Morgenländers? – – Doch warum verderben wir uns die Szene der Unschuld mit Erinnerungen solcher Art? *Freunde und Geliebten haben satt getrunken*: der *Bräutigam* sich satt gelobet; es folgt abermals eine Nachtszene.

24 S. *d'Arvieux* T. 3. S. 163. 185. 264. Imgleichen *Niebuhr* u. a.

Könnte ich vom Haupt des Liebhabers einige Tautropfen als Tropfen der Vergessenheit auf meine Leser sprengen, daß sie das treffliche Stück ganz und allein und unvermengt mit vorigen Farben und Eindrücken fühlen!

Ich schlafe und mein Herz wacht!

Stimme meines Geliebten!
Er klopft!

»Tu auf mir, meine Schwester, meine Freundin,
Mein Täubchen, meine Reine,
Tu auf mir.«

»Mein Kleid ist ausgezogen;
Wie? soll ichs anziehn?
Meine Füße sind gewaschen;
Soll ich sie neu besudeln?« –

Mein Lieber streckte
Die Hand durchs Gitter,
Mein Innres bebte mir.

Schnell stand ich auf,
Zu tun ihm auf, dem Lieben.

Meine Hände troffen Myrrhen,
Meine Finger troffen Myrrhen,
Die über den Riegel liefen.

Auf tat ich meinem Lieben;
Mein Lieber war entwichen,
Verschwunden – –

Meine Seele war mir entgangen,
Da er zu mir sprach –
Ich sucht' ihn nun, und fand ihn nicht.
Ich rief ihn, aber Er
Antwortete mir nicht.

Mich fanden die Hüter,
Die die Stadt umgehn.
Sie schlugen mich,
Sie verwundten mich,
Sie raubten mir den Schleier,
Die Hüter der Mauern.

Ich beschwör' euch, Töchter Jerusalems!
Wenn ihr ihn findet,
Meinen Geliebten,
Was wollt ihr ihm sagen? –
Daß ich vor Liebe krank bin.

»Was ist denn dein Geliebter vor Geliebten,
Du Schönste der Weiber!
Was ist denn dein Geliebter vor Geliebten,
Daß du uns so beschwurst?«

Mein Lieber ist weiß und rot,
Ein Panier aus zehnmal Tausenden.

Sein Haupt das feinste Gold,
Seine Locken kraus,
Und schwarz, wie ein Rabe.

Seine Augen wie die Täubchen über Quellen,
In Milch gebadet,
In Fülle schwimmend.

Seine Wangen sind wie Blumenbeete,
Wie Kästgen Würze.

Seine Lippen Rosen,
Sie triefen strömende Myrrhe.

Seine Hände güldne Zylinder,
Voll Türkise.

Sein Bauch ein lauteres Elfenbein,
Mit Sapphiren bedeckt.

Seine Schenkel Marmorsäulen,
Gegründet auf güldnem Fuß.

Sein Ansehn wie der Libanon,
Erhaben wie ein Zederbaum.

Sein Gaume Süßigkeiten,
Und ganz Er Lieblichkeiten.

Der ist mein Lieber, der ist mein Freund,
Ihr Töchter Jerusalems.

»Und wohin ging denn dein Geliebter?
Du Schönste der Weiber!
Und wohin wandte sich dein Geliebter?
Wir wollen ihn suchen mit dir.«

Mein Lieber ging in seinen Garten,
Zu seinen Blumenbeeten,
Zu weiden in den Gärten,
Zu sammlen Rosen sich.

Mein Lieber, ich bin sein,
Mein Lieber, er ist mein,
Der unter den Rosen weidet. – –

So bricht das Stück ab, und ohne Zweifel sinds auch schon *mehrere* Stücke, die der Sammler an einander fügte, weil Gelegenheit und eine gute Fuge da war. Das wandernde Nachtmädchen beschwur die Töchter Jerusalems, und da diese antworteten und nach dem Merkmal ihres Geliebten fragten, so war jetzt die beste Zeit, daß die ängstige vor Liebe Kranke die Gestalt ihres Liebhabers mit einem Glanz und einer Sehnsucht auszeichnet, die fast die Nacht erleuchten. Und da die Gefragten weiter fragen und sie ihnen nichts weiter anvertrauen will, so kommt das Lied wieder unter die Schäfer- und Rosengesänge, wo sie bei Gelegenheit der Rosen ihr altes Bekenntnis der Liebe wiederholet und wie eine Nachtigall gleichsam mit diesem Schluß und Widerhalle forteilet. – – Auch muß ich abermals bemerken, wie verändert die Szene gegen der vorigen erscheine. Dort war eine *Königsvermählte*, der Gilead und Hermon, die Davidsfeste und der ganze Libanon mit Löwen und Leoparden zu Gebot stand. Alle Bilder waren in dieser Fülle, in diesem Schweben – Ein Blick von ihr konnte Helden machen: die Goldkette ihres Halses riß den Liebhaber mit sich fort. Hier ist ein *Landmädchen*, die in ihrer Hütte, im Garten, allein schläft. Der Geliebte kommt zur schlechten Tür, wo er am Riegel eingreifen kann und wie ein Schäfer die Tür seiner Geliebten *salbet*[25]. Er ist voll Tau und ohne Obdach, will eingelassen sein – sie schlummert, spricht zwischen Schlaf und Wachen, wie ein armes, reines Landmädchen. So steht sie auf, so sucht sie, so ruft sie, so begegnen ihr die Wächter, so beschwört sie die Töchter Jerusalems als eine Unbekannte, so antworten ihr diese; kurz, dies Niedrige, Garten- und Landmäßige ist die Seele dieses vortrefflichen Liedes. Setzet eine Königin im Goldsaal an die Stelle, und alles ist verschwunden – –

Der Anfang des Stücks hat einen so außerordentlichen stillen Naturreiz, daß ich etwas darüber zu sagen verstumme. *Das Schlafen »aber das Herz wacht«*, die *Stimme des Geliebten*, das *Klopfen*, die *Namen*, mit denen er sie anredet, die *Beweggründe* seiner flehenden Bitte: ihr *Säumen*, ihr *Tändeln*, das mühsame *Kleid*, der reine *Fuß* – – und wie er nun am Riegel regt, sich selbst öffnen will; wie sie zusammenfährt, aufsteht, eilt, öffnet,

25 Daß die Salben am Riegel der Tür und nicht an ihren Fingern gewesen, sagt die Urschrift deutlich; auch einige Übersetzungen habens schon so ausgedrückt und verstanden. Das Salben und Kränzen der Tür der Geliebten ist eine alte Sitte der Gegenden; auch bei den Griechen gewöhnlich, von denen sie, wie mich dünkt, *Guy* noch jetzt anführt. S. auch *Leßings* Eclog. Salom. p. 90.

unvermutet die Hand voll Myrrhen hat, die Finger voll Salbe des stillen Opfers seiner Liebe – – und Er hinweg ist, nicht da ist, nicht spricht, nicht antwortet: »*Die Seele war mir entwichen*, ich war ja außer und nicht bei mir, daß ich schwieg, *da er sprach*, daß ich träumte, da er klopfte – –« Armes Mädgen! du mußt dein Säumnis nun mit später Reue, Wunden und Angst büßen.

Wie sie nun umgeht! wie sie irret! nächtlich ängstlich suchet und irret! bis an die Mauer gerät und den Wächtern in die Hand fällt, die sie als eine Unedle behandlen, sie verwunden, ihr den Schleier der Ehrbarkeit und jungfräulichen Zier rauben – und wie sie, alles verschmerzend, weiter eilt, die Töchter Jerusalems beschwört, ihm nur zu sagen, ihm zu sagen, daß sie krank sei von Liebe – –

Und da die Töchter Jerusalems stolz und prächtig nach Merkzeichen ihres Geliebten fragen; welch ein Zeitpunkt zu seinem Lobe, zu Schilderung seiner Gestalt! Jetzt unter dem Schleier der Nacht, im Gefühl, ihn verscherzt, ihn beleidigt zu haben; überdem aufgefodert, gereizt von diesen vornehmen Spröden, und endlich aus der Fülle eines liebesiechen, verwundeten, kranken Herzens. Da strömt sein Lob: seine Gestalt wird ein wahres Prachtbild, Kolossus von männlicher Würde, Glanz und Schönheit. Sie schildert ihn, nicht, wie er sie schildern würde: mehr seine Kleider als ihn; mehr seinen Anblick, als seine Reize. Ehrfurcht und Zucht haben so viel Teil an ihrem Gesange, als Sehnsucht und Liebe. Nur wiederhole ich, daß diese Gestalt mir zu der Landszene des Nachtgesanges abstechend dünkt: beides scheint nur vom Sammler gebunden.

Weiß und rot ist ihr Geliebter, *erkennbar unter zehntausenden*, als ob er unter ihnen Panier schwänge. *Sein Haupt ist feines Gold*: sie verliert gleichsam die Züge seines Gesichts unter dem Schmucke des Turbans, der ihn auszeichnet und bei den Morgenländern überhaupt so wie das Sinnbild männlicher Würde, so auch Unterschied des Standes und der Ehre ist. *Seine Locke ist kraus und rabenschwarz*: voll Stärke der Jugend und des Charakters. *Seine Augen* werden als *Täubchen* ausgemalet, wie sie bisher noch nicht wurden, und es ist offenbar, daß in der Vergleichung nicht von Augen der Tauben, sondern von ihrem ganzen Bilde die Rede sei, wie sie *über der Quelle in Fülle schwimmen und sich in Helle des Wassers baden*; so belebt, so schwimmend und regevoll, so voll Schüchternheit und Unschuld sind diese Augen. Übergeht es nicht weit, was die spätern Morgenländer durch den Blick der Gazelle sagen? *Seine Wangen* sind *aufsteigende Blumengeländer* und (wenn mir der Ausdruck erlaubt ist) Apothekerbüchschen voll *köstlicher Würze*. Und seine *Hände goldne Zylinder*[26] mit Ringen und Armschmuck umfasset. Und sein *Bauch* zartes *Elfenbein, mit Sapphiren geziert* im Gürtel und Dolchschmuck. Und *seine Schenkel Marmorsäulen, auf goldnem Fuß* – wo abermals Stärke und Festigkeit mit

26 Ich glaube gerade nicht, daß die Finger mit Al-*Henna* gefärbt sein müssen, um für die Braut *güldne* Zylinder zu sein; auch sein Haupt und sein Fuß ist *Gold*, und alles an ihm Gold, das mit Schmuck und Ringen bedeckt ist. Wie sehr die Morgenländerinnen den Goldschmuck, die Metallverzierungen lieben, hat *d'Arvieux, Niebuhr* u. a. bemerkt; es zeigt sich auch in dieser Beschreibung. S. übrigens zu den Stücken dieser Kleidung *d'Arvieux* T. 3. S. 241. 163. u. f. und Niebuhr T. 1. S. 159. u. f.

Schmuck und Pracht nach morgenländischer Weise Eins wird. Und welch ein Bild, wenn sein ganzer Anblick ein *Libanus* wird! sein *Wuchs* eine erlesne ewige *Zeder*! Und sein *Gaume* ist *Süßigkeiten*, seine *Lippen* leibhafte *Rosen* (nicht bloß Rosen im Bilde) und *Er* ganz *Lieblichkeit*, ganz *Lust und Liebe*. – – Man nehme zusammen, wie die Künstlerseele der Liebhaberin ihren Geliebten ausbildet und ihn gleichsam als feste, ewige Ehrensäule hinstellt, und denke es sich in die Sitten Morgenlandes, das so sehr auf der einen Seite Pracht und Schmuck, Diadem und Goldkleinode, als auf der andern die Verhüllung liebet, am Manne die Verhüllung der Würde, am Weibe die Verhüllung der Zucht. Er steht als Held und König da, nur Antlitz und Hände sind unverhüllet, und auch die überdecket mit Reichtum. Kleidung und Gestalt sind in des Morgenlandes königlicher Weise – – ein Ebenbild der Mannesehre und Würde.

Da wir die Garten- und Rosenliederchen schon erläutert haben, so wenden wir uns weiter; und siehe, ihr Lob wird mit einem Lobe vergolten:

Schön bist du, meine Freundin,
Wie Thirza schön,
Lieblich wie Jerusalem,
Furchtbar wie ein Kriegsheer.

Wend' ab die Augen,
Vor mir über,
Sie sind mächtiger, als ich.

Dein Haar ist wie die Gemsenherde,
Die weidet vom Gilead.

Die Zähne wie die Lämmerherde,
Die aufsteigt aus der Quelle,
Die alle Zwillinge tragen,
Und keins derselben fehlt.

Wie ein Ritz am Granatapfel deine Wange,
Am Lockenhaar.

Sechzig sind Königinnen,
Und achtzig Buhlerinnen,
Und Jungfraun ohne Zahl;

Eine die ist meine Taube,
Meine Reine,
Sie, die Eine ihrer Mutter,
Sie, die Liebste ihrer Mutter.

Es sahen sie die Töchter,
Und preiseten sie selig;
Die Königinnen
Und Buhlerinnen
Lobeten sie.

Es ist gut, daß wir die meisten Züge dieses Liedes schon erläutert haben; es ist ein hohes Lob auf die vorige arme Nachtszene. Mit den Königsstädten Judäas verglichen, dem *schönen Thirza*, dem *lieblichen Jerusalem*, ist sie zugleich *furchtbar*, wie *Kriegsheere*: er kann ihren Blick nicht ertragen. Und doch wieder, wie *lieblich* mit Haar, Munde, Wangen! Und abermals wie *prächtig*! die Einige unter Königinnen, Buhlerinnen und unzähligen Jungfraun! Und aufs neue wie lieblich! sie die reine Taube; ihrer Mutter Einzige, Liebste! Keine Königin und Buhlerin vermag sie zu beneiden; alle müssen sie glücklich preisen und lieben. – – Das Stück hatte schon prächtige, kriegerischkönigliche Züge; es ist aber nur Anklang gegen das, was folgt, und was ich beinah für den Gipfel des Buchs halte:

Wer ist, die aufglänzt wie das Morgenrot?
Lieblich wie der Mond,
Rein wie die Sonne,
Furchtbar wie ein Kriegesheer?

»Zum Nußgarten war ich gangen,
Nach den Früchten im Tal zu sehn;
Zu sehn, ob schon der Weinstock knospe,
Ob schon die Äpfel blühn?

Und wußte nicht, daß meine Seele
Mich gesetzt zum Kriegeswagen
Meines edlen Volks.«

Kehr um, kehr um, o Sulamith!
Kehr um, kehr um,
Wir wollen dich schaun!

»Was wollet ihr schaun an Sulamith?«

Den Tanz der Gottesheere.

Wie schön sind deine Tritte in den Schuhn,
Du Tochter des Edlen!
Die Schwingungen deiner Hüften sind
Wie Kettenwerk, geschlungen von Meistershand.

Dein Nabel ein runder Becher,
Dem's nimmer an Maß gebricht.

Dein Bauch ein Weizenhügel,
Umpflanzt mit Rosen.

Deine zwo Brüste wie zwo Rehchen,
Die Einer Mutter Zwillinge sind.

Dein Hals ein Turm von Helfenbein.
Deine Augen Teiche zu Hesbon,
Am Tore der Fürstentöchter.

Deine Nase wie das Schloß auf Libanon,
Das gen Damaskus schaut.

Dein Haupt auf dir, wie der Karmel.
Das Haar deines Haupts, wie Purpur,
Ein geflochtner Königsbund.

Wie schön bist du,
Und wie so lieblich bist du,
O Liebe, in der Lust!

Deine Höhe
Ist gleich dem Palmenbaum,
Und deine Brüste den Trauben.

Ich sprach: »ich klimm' auf den Palmenbaum!
Ich erfasse seine Zweige.
Deine Brüste sollen mir Trauben sein,
Und deines Atemsduft
Wie Äpfelduft,
Und koste deinen Gaumen
Wie guten Wein –«

»Der einschleicht meinem Lieben
Süß hinein,
Und schlummert die Lipp' ihm
Säuselnd zu.

Ja ich bin meines Lieben,
Und seine Lust zu mir;
Komm, mein Geliebter,
Wir wollen aufs Land,
Auf Dörfern wohnen,
Und früh dann aufstehn,
In den Weinberg gehn,
Sehn, ob der Weinstock blühe?
Ob seine Trauben sich auftun?
Ob die Äpfel blühn?

Da will ich dir
All meine Liebe geben!

Die Blumen der Liebe duften schon,
Und über unsrer Tür
Ist allerlei Schönes,
Neues und alt,
Mein Lieber, ich barg es dir.

Wer gibt mir dich
Zum Bruder mir?
Der meiner Mutter
Brüste gesogen.

Ich fände dich draußen
Und küßte dich,
Und keiner verachtete mich.

Ich wollt dich führen,
Ich wollt dich bringen
In meiner Mutter Haus.

Du solltest mich lehren,
Ich würde dich tränken
Mit Trank, den ich bereitet,
Mit Most von meinem Baum.

Seine Linke
Mir unterm Haupt,
Und seine Rechte
Umfaßt mich.«

»Ich beschwör' euch, Töchter Jerusalem,
Wenn ihr sie weckt!
Wenn ihr sie regt, die Liebe!
Bis es ihr gefällt!«

Ich will zuerst die Verbindung und den Gang des ganzen Gesanges zeigen; in ihm liegen die meisten Reize.

Es wird ausdrücklich eine *neue Szene* angekündigt, mit dem bekannten Anfange: *»wer ist die, die aufsteigt?«* Hier aber gehet sie nicht als Dämmerung, als süßer Rauch auf, sondern *schön wie die Sonne, Mond, Aurora.* Der Strahl der Morgenröte bricht an, es wird Mond, es wird Sonne, es wird ein blinkendes furchtbares Kriegsheer.

Sie erscheint also in aller *Pracht der Liebe*; aber wie? wozu? – Zuerst singend. Sie singet das Schäferlied *»zum Nußgarten war ich gangen«*, erinnert sich ihrer vorigen Landeinfalt, ihres stillen, ruhigen Lebens, als sie die Natur gepflegt, gewartet, geliebt und nicht weiter gedacht; damals nicht gewußt habe, daß *ihre Seele*, d.i. ihr Mut und Genius *sie zu der Würde bestimmt habe*, in der sie jetzt erscheinet. Da sie *kriegerisch* aufging und vom bewillkommenden Gesange mit einem furchtbaren *Kriegsheer* verglichen wurde: so nennt sie auch diese Würde kriegerisch, den *Rüstwagen* ihres *edlen willigen Volks*, und der Ausdruck wird uns aus der Geschichte Salomons und der Sprache der Hebräer überhaupt verständlich. *Roß und Wagen Israels* sind ein gewöhnlicher Ausdruck für Kriegsmacht, Schutz und Schirm, heldenmäßige Bedeckung[27]. Das wollte Gott seinem Volk sein, das war

27 Ps. 20, 8. Es. 31, 1.

Elias, wie sein Jünger ihm nachrief, gewesen[28]; so nennet sie sich jetzt mit dem veredelnden Ausdruck, daß sie es nur über ein *freies edles Volk* sei. Die Geschichte Salomons sagt uns, daß er die Israeliten nicht zu Knechten gemacht, sondern sie *»Kriegsleute und seine Diener und Fürsten und Ritter und Aufseher über seine Knechte und Wagen« sein lassen*[29]; wird der liebende König in diese Anordnungen nicht auch seine Liebe gemischt haben? Es heißt von ihm[30]: *»er herrschte weit umher, und hatte Friede, daß jeder in Israel unter seinem Weinstock und Feigenbaum sicher wohnte«*, und doch *»brachte er zu Hauf Wagen und Reuter, daß er hatte tausend und vierhundert Wagen und zwölftausend Reuter, und ließ sie in den Wagenstädten und zu Jerusalem«* ein furchtbar Kriegsheer! Konnte also auch der Ausdruck seiner Lieder ohne diese Spuren bleiben? Mußte seine Königin und Liebe nicht auch in diese Prachtspiele gemischt sein? und wie natürlich, daß sie nun an ihre vorige Ruhe und Landeinfalt denket! Kurz, es ist etwas Ähnliches jenem prächtigen prophetischen Psalme[31]:

Dein Volk, die Edlen, sind mit dir
Am Tage des Siegs
In festlichen Kleidern,
Wie aus der Mutter der Morgenröte
Glänzender Tau – –

28 2 Kön. 2, 11. 12.
29 1 Kön. 9, 22. 2 Chron. 8, 9.
30 1 Kön. 10, 26.
31 Ps. 110, 3. Wir werden über den streitigen Ausdruck (Amminadib) einmal bei Gelegenheit dieses edeln Siegespsalmes reden.

sie erscheint als eine Deborah, in *königlicher Kriegspracht.*

Der Aufzug verändert sich und wird *Tanz*, Tanz wie der *Reigen der Engel*, der *himmlischen Kriegsheere*: mir ist kein Lied bekannt, wo der Tanz so veredelt, so idealisiert wäre. Der Chor ruft ihr zu, *daß sie sich wende*, sich ihnen wieder zuwende und *schaun lasse.* »*Was wollet ihr schaun an Sulamith?*« antwortet sie im Schwunge der Kunst. »*Den Tanz der Mahanaim!*« singet der Chor zurück, und es erschallet ein Freudenlied, wo jeder Zug nur aus diesem Bilde Leben und Bewegung hernimmt, oder er stünde tot da.

Freilich sind wir auch hier in andrer Welt. Wir denken vom Tanz anders, und mögen von dem unsern Recht oder Unrecht haben; gnug die Morgenländer in den frühesten Zeiten der Unschuld dachten anders. Ihnen waren die Engel, die Sterne, ein *jauchzendes* tanzendes *Siegsheer*[32] um den Thron des Allerhöchsten. Chor und Gegenchor, *Mahanaim*, feierten ihn im ewigen Liede, und auch unter Menschen war Tanz, wie Gesang, in den ersten Zeiten *heilig*. Das Siegslied am roten Meere erschallte[33] unter Chören der Weiber, mit Pauken im Reigentanze, das Siegslied der Deborah trägt davon gleiche Spuren: und daß auch dieser Tanz nicht weich und wollüstig sei, deshalb ist er so prächtig und kriegerisch eingeleitet worden.

Und so sind seine Bilder. Im *Tritt*, im stolzen Tritt in *ihren Schuhen* erscheint sie eine *Tochter des Edeln*,

vera incessu patuit Dea!

32 Ps. 68, 18. Hiob 38, 7.

33 2 Mos. 15, 20. 21. Richt. 5, 1. 1 Sam. 18, 7. 2 Sam. 6, 5. 14.

Die *Wendungen* und *Schwingungen ihrer Hüfte* sind ein theseischer Tanz, ein Gewebe der Ariadne; *Kettenwerk, künstlich geschlungen von Händen des Meisters. Ihr Nabel quillt, wie ein runder Becher, dem niemals Mischung fehlt*, der immer Ebenmaß hält, nie aufsprudelt, nie lechzet, in süßer Fülle, wie die Krone des Bechers, schwebet. *Ihr Bauch ein Weizenhügel*, der sanft sich hebt, hinanschwillt, und der Zephir in seinen Ähren macht Wallen, und die *Rosen* der Kleider, des schönen weiten Gewandes, *schweben umher*. Und die *Rehchen weiden* stille und verhüllt unter den Lilien ihres Busens. Und der *Hals* steht stolz und gebärdet sich feste: ein *Turm von Elfenbein*. Und die *Augen schwimmen*, wie *Hesbons Teiche* vor dem schönsten Tore, wo die Töchter der Edeln wandeln. Und *die Nase* raget hervor, schön und stolz wie das *Lustgebäude*[34], auf einer der Höhen Libanons, das die fröhlichste Aussicht ins Tal nach Damaskus und bis übers Meer hat. Und *das Haupt* trägt sie, stolz und fröhlich wie der Karmel, das fröhlichste Gebirge Judäas und gleichsam das Haupt unter seinen Bergen. Und das *Haar* ist wie eine *Purpurschnecke* gewunden, *geflochten wie ein Königsturban*; das Diadem der ganzen edeln Gestalt, ihres königlichen Wuchses und Schrittes, die prangende

34 Es ist dies nämlich kein Turm, kein Lauerturm auf Libanon, der etwa Damaskus auflauert; der wäre kein schönes Bild dieses Gliedes. Sondern es ist ein Lustgebäu Salomons mit der schönen Aussicht nach Damaskus. Und da Salomo den untern Libanon angebauet hat (1 Kön. 9, 19.) und er selbst die Braut zu dieser schönen Aussicht einlud, (Kap. 4, 8.) so behält das ungleich schönere Bild wohl keinen Zweifel. Noch bis jetzt zeigt man ein *Salomons Schloß* in dieser Gegend, (S. *d'Arvieux* T. 2. S. 355. und *Pocock* S. 154. 155.) das uns wenigstens als Tradition hinauf in ältere Zeiten weiset.

Krone! – Wer den Anstand einer weiblichen Gestalt im edlen prächtigen Tanze prächtiger schildern kann, mags versuchen – –

Freilich verlieren auch diese Bilder mit der Sprache, den Gegenden und Sitten Morgenlandes für uns viel. Der Becher in seinem Überfluß war ihnen das Bild aller Fülle, Fröhlichkeit und Wonne, so wie der lechzende Becher das Zeichen der Not, Traurigkeit und Armut. Es war ihnen also gewohntes Bild, ob der Becher überströme? gnug habe oder lechze? und das wird hier zum Sinnbilde des feinsten Maßes und Ebenmaßes in der fröhlichsten Bewegung. Das poco piu und poco meno kann kein lebenderes Bild aus der Welt des Genusses und der Freude finden. Die Nase, den Teil des Gesichts, der dem Ganzen Festigkeit und Zusammenhang gibt, schämen wir uns beinahe zu nennen; die Morgenländer nennten ihn oft, und da das Schloß von schöner Aussicht, mit dem sie hier verglichen wird, gerade *Salomons* Bau war, so hatte das Gleichnis alle Reize der Neuheit und Phantasie des Königs. *»Dein Haupt, wie Karmel«*[35], scheint kolossalisch; da es hier aber heißt: »Dein Haupt steht auf dir, wie Karmel« d. i. du trägsts so erhaben und fröhlich, als jenes lustige Gebirge sich ausnimmt, das man von weitem zuerst erblickt, so verschwindet das Überspannte. *»Die Augen Teiche zu Hesbon, wo die Töchter der Edeln spazieren.«* Den Morgenländern sind die Teiche und Quellen Augen der Erde, sprudelndes Leben, aufquillende Seele; und sind sie es nicht? Ist nicht eine schöne Gegend ohne Wasser, was ein Antlitz ohne Auge? Der *Königs-*

35 Der fröhliche Karmel fiel *Pocock* von fern und zuerst ins Auge. T. 2. S. 4.

bund endlich die Krone von Allem. Man weiß, daß die Morgenländer in der Form und dem Gebäude des Turbans ihre Stände unterscheiden, und so sind die Windungen der Purpurschnecke in ihrem Haar hier das Höchste von Allem. Man setze die Bilder und Formen in die Bewegung, die ihr gebühren, und es wird eine tanzende Göttin.

Wie Tanz einladet zu Lust und Liebe, so schwinget sich auch der Gesang dahin. Er siehet ihren Wuchs unter dem süßen Bilde des Palmbaums, umfähet sie ganz und wird so innig, daß die Braut selbst ihm auf die süße Weise der Unschuld die wollusttrunkne Lippe versiegelt. Eben da sein Gesang am Atem der Liebe hanget und saugt und kostet süßen Nektar —– da spricht die Braut weiter:

Süßer Nektar, der dem Lieben
Sanft einschleichet,
Süß dir eingeht, und die Lippe
Reden machet im Schlaf – –

Was können alle Katonen sagen, das hier nicht unendlich lieblicher gesagt sei, da sie seine Lippen mit einem Druck des Fingers der Liebe schließt. »Schweige, Freund, es ist Genuß des Heiligtums der Liebe, du sprichst im Schlummer.«

Und wie sie fortfährt: »Ja, Liebster, ich bin meines Lieben, und seine Lust ist zu mir; aber komm hinaus. Hier ist kein Ohr, das deine Worte ertrage. Dort in den Wohnungen der Einfalt, wo noch die Natur rein und unverhüllet wirkt, dort ist jetzt die Frühlingszeit der Liebe. Da blüht mit uns die Blüte des Baums und die junge Knospe des Weinstocks. Unter ihnen, frühe, wenn noch alles schläft, und nur die Blumen der Liebe uns duften;

Da, Liebster, will ich dein
Mit aller Liebe sein. –

Und sie duften ihr schon, die Dudaim[36]: sie sieht die Tür ihrer Hütte ländlich mit Früchten und Blumen geschmückt[37] und gekrönet. Ihrer Hütte fehlt nichts, sie will ihrem Lieblinge auch nicht fehlen, hat ihm noch manches Schöne von Früchten von vorigem Jahre aufgesparet, kurz, sie findet sich ganz in der Einfalt und Süßigkeit des Landlebens – –

Noch nicht gnug. Sie möchte ihre Liebe noch unschuldiger, ganz zur *Schwester-* und *Bruderliebe* machen.

Ach, daß du nicht mein Bruder bist!
Und Einer Mutter Brust mit mir geküßt,
Daß, wo ich dich nur fände,
Ich könnte küssen dich,
Und niemand höhnte mich,
Und wähnet's Sünde.

36 Nach allem, was über die Dudaim gesagt ist, muß man noch mit Luthern sagen: »gehe du hin und frage selbst, was *Dudaim* sei?« Und da dünkt mich, folge man der allgemeinen Sage und lasse sich dadurch nicht abschrecken, daß Ruben sie in der Weizenernte gefunden. Er fand sie ja eben als Spätling, als Seltenheit; wäre noch ihre Zeit der Blüte gewesen, hätte sie Rahel selbst finden können. Eben in unserer Stelle ist ja ihre frühe Zeit und ihr starker Duft gnugsam bemerket.
37 S. *Hasselquist* S. 125.

Umfassen, umschlingen wollt ich dich,
Und führen dich
In meiner Mutter Haus.
Du winktest mir,
Ich brächte dir
Den Trank, den ich bereitet,
Den Most von meinem Baum.

Und seine Linke
Mir unterm Haupt:
Und seine Rechte
Umarmt mich – –

Wer ist der Sittenrichter, der die Liebe keuscher Vermählter je paradiesischer gedacht hätte? Wo ist das Herz, das der süßen Schwestertaube nicht zusinge zum drittenmal das Lied der schlummernden Liebe:

Ich beschwör' euch, Töchter Jerusalem,
Weckt sie nicht!
Regt sie nicht!
Bis sie selbst erwacht.

Und auf dieser schuldlosen Stelle lasset uns den vorigen *Palmbaum* und die *Dudaim der Liebe* nochmals ansehn. Den Morgenländern war jener Baum an Wuchs und Blüte, an Fruchtbarkeit und Süßigkeit der Trauben, des Safts, der Früchte, das schönste Sinnbild der ehelichen Liebe. Von dem süßen Weine, der dem Freunde so sanft eingehen, und ihn in trunknen Schlaf wiegen soll, ist der

Palmenhonig[38] noch jetzt das schönste Geschenk Morgenlands und die Bewirtung an hochzeitlichen Festen. Auch ist in der Anwendung des Palmbaums Wuchs, seine Zweige, seine Trauben, der süße Atem des stärkenden Obstes, endlich der Nektar, der einschleicht und sich mit schwatzendem Schlummer endet, so zart behandelt, daß ich mich fast der Mißgeburt schäme, die hievon etwas anstößig oder unanständig fände. Nehmet das Gegenteil von Allem und sehet, was alsdenn die menschliche Natur sei? Lasset den fliegenden Königstritt der Geliebten zur kranken Bettlerschwere ersinken: laßt es dahin kommen, daß die Spange des größten Künstlers sich mühsam wende, die Rehe von ihrem Gipfel fliehn und Hesbons Teiche sich trüben: Libanons Schloß liegt im Schlamm, und der einst fröhliche Karmel steht nackt und wankend: dem runden Becher mangelt Getränk, und der schlanke Palmbaum ist Dornbusch – ihr Pharisäer, ihr Katonen, ist nun die Menschheit besser, glücklicher, edler? Ist der süßeste Nektar des Paradieses nicht geschaffen, daß er gewürzt mit Unschuld und Schwesterliebe genossen werde? O Natur, Natur, du heiliger und entweiheter Gottestempel! da am meisten entweiht, wo man dich am lautesten rein bewahret, und am schönsten gepflegt, wo man in Hütten der Unschuld und Landeinfalt mit der Blüte des Baums und der unschuldigen Knospe des Weinstocks feiert. Wenn deine Hüterin, die jüngste der Charitinnen, die Scham in Rosengewande, aus allen Kreisen von Geschmack, Pharisäerwohlstand und Liebhaberei des unzüchtig Schönen verbannt sein wird, sie, die immer da am

38 *Shaw* S. 128.

wenigsten erkannt ist, wo sie am tiefsten wohnet, und da gesucht und gesetzt wird, wo ihre letzte Spur dahin ist; unschuldige Natur, heiliger Gottestempel, so wirst du da stehn, wohin auch dieses Feldtäubchen ihren Geliebten locket und winket, im Schoß der Einfalt und Armut.

Wer ist, die dort aufsteigt
Aus der Wüsten her?
Gelehnt auf ihren Geliebten.

Zum drittenmal kommt der Anfang des Liedes wieder, aber leiser. Sie kommt nicht mehr wie Säule Weihrauch, nicht wie Aurora, Mond, Sonne und Kriegsheer; sie wandelt ruhig am Arm des Freundes.

Unter dem Apfelbaume
Wecket' ich dich.
Da gebar dich deine Mutter,
Da gebar, die dich geboren.

»Präge Ein Siegel mich auf dein Herz,
Ein Siegel auf deinen Arm!
Denn stark, wie der Tod, ist Liebe;
Ihr Eifer hart, wie die Höll.
Ihre Kohlen glühende Kohlen,
Flamme des Herrn.

Viel Wasser mögen nicht aus sie löschen, die Liebe,
Und Ströme sie nicht ersäufen.
Und gäb' ein Mann auch Haus und Gut um Liebe;
Sie verschmähn, sie verachten ihn.

Siehe, ein Gespräch der ehelichen Treue. Vielleicht äußerte die Geliebte, *an seinen Arm gelehnt*, Bekümmernisse über die Dauer seiner Liebe; und siehe, da kommen sie *zu dem Baum, wo er sie zuerst weckte*, dem süßen Andenken ihrer Jugendliebe und ersten Regung. Der alte Bund wird wieder erneuet und bei dem heiligen Namen *der Mutter, die sie hier mit Schmerzen gebar*, die sie als ihre Einige auferzog und ihm vermählte, bei ihm und diesem *Baume*, der sie ihm gegeben, wird der Bund beschworen. Es ist, als ob sie ihre Kinder hieher führen, ihnen dies Heiligtum der Geburt ihrer Mutter, und ihrer ersten Liebe und ihres ewigen Bundes oft zeigen wollten; und da also an seinem Arm hangend, antwortet sie:

Ein Siegel präge mich auf dein Herz,
Ein Siegel auf deinen Arm – –

und das Lied, wie es folgt, möchte selbst Siegel der Liebe aufs ganze Buch heißen. *Tod* und *Hölle, Glut* und *Blitz, Ströme* und *Wasser, Haus* und *Gut* kommt zusammen, die Stärke, die Ewigkeit der Liebe zu bewähren. Sie *hält fest*, wie der Tod, *umarmt* wie das Grab, *sie glühet tief, sie flammet hoch:* kein Feind, kein Hindernis kann sie tilgen, sie überwindet Widerstand und Gefahr. Wo sie ist, ist sie allmächtig, und wo sie nicht ist, kann sie nicht erzwungen, nicht erkauft werden; Reichtum und Schätze werden um sie verachtet – – Ich wollte beinah, das Buch schlösse mit diesem göttlichen Siegel.

Es ist auch so gut, als geschlossen; denn was folgt, scheint mir nur ein beigefügter Nachhall, damit nichts dieser Art verloren ginge. Es ist das sinnreiche und stolze *Gespräch einer Schwester mit ihren Brüdern.*

Der Eine spricht:

Unsre Schwester ist noch klein,
Noch knospet nur ihr Busen;
Was wollen wir unsrer Schwester tun,
Wenn man wird um sie werben?

Der Zweite:

Ist sie eine Mauer,
So wollen wir auf sie bauen
Einen Silberpalast.
Ist sie eine Pforte,
So wollen wir sie verwahren
Mit Zedernholz.

Die Schwester:

Ja eine Mauer bin ich,
Und meine Brüste Türme.
Da war ich in seinen Augen,
Wie Eine, die Frieden fand.

Ich lasse mit Fleiß die Übersetzung in ihrer morgenländischen rätselhaften Dämmerung, damit der Strahl der Aufklärung so angenehmer werde. Offenbar ists eine Beratschlagung älterer weiser Brüder über die Sicherheit der Ehre ihrer Schwester, wenn sie heranwächst. Die Beratschlagung ist etwas früh und der Rat selbst etwas hölzern. Der Bruder antwortet: *ist sie eine Mauer*, d.i. hält sie fest und wohl auf ihre Ehre, so soll sie belohnt werden. *Silberne Spitzen*, Putz und Kleinode, sollen sie zieren. *Wäre sie aber eine Pforte*, (die nicht Mauer ist) so müßten wir sie einschließen; *(sie verfestigen mit Zedernbohlen)* – – der gewöhnliche Weg Morgenlandes, Treue und Keuschheit zu sichern. – Unwillig hierüber bricht die Schwester aus: »*Mauer bin ich* und keine Pforte; auch darf ich eurer Türme und Befestigungen nicht, *meine Brüste sind Türme*, mein Busen gibt mir Sicherheit und Schutz: ja nicht bloß Sicherheit nach Kampfe; sondern Sieg und Frieden beim ersten Anblick. Der Feind erscheine vor der Mauer; beim ersten Anblick der Spitzen soll er abziehn und der Stadt den Frieden geben: d. i. meine Person selbst soll ihm Ehrfurcht einflößen, daß ich in Ruhe bleibe – – ich habe eures Rats und eurer Einschließung nicht vonnöten.« Daß dies unfehlbar der Sinn sei, zeigt folgende kleine Geschichte, die ihnen das Mädchen zum Spott dazusetzt:

Einen Weinberg hatte Salomon
Zu Baal-Hamon.
Er tat den Weinberg Hütern aus,
Daß jeder ihm für seine Früchte
Tausend Silberlinge brächte.

Mein Weinberg ist
Vor Augen mir:
Die Tausend werden dem Salomo,
Und die die Frucht ihm hüten,
Haben zweihundert noch.

Offenbar eine *Spottgeschichte* von dem, *was aus dem Hüten und Wahren herauskommt.* Der König bekommt, was er sich ausbedung, und jeder nimmt sich noch zum Hüterlohn das Seine. Sie wahret, spricht sie, *ihren Weinberg selbst*, so wird sie nicht betrogen und darf keinen Hüterlohn zollen.

Ob das schöne Märchen bisher so verstanden sei? weiß ich nicht; ich wenigstens habe es nirgends gefunden. Ich mag aber nicht darum streiten, »es könnte es sonst wieder ein alter Rabbi gesagt haben« – kurz, mich dünkt, dies ist sein klarer Sinn, und der Sinn ist schön und im Ton des Morgenlandes sinnreich. Man weiß, daß sie eine so rätselhafte Sprache des Witzes in Bildern, Gleichnissen und Beispielen lieben, und ich getraue mich zu sagen, daß dies eins der schönsten Stücke der Art sei, die aus dem hebräischen Altertume zu uns gekommen. Eben deswegen und weil Salomons Name und Weinberg[39] darin vorkommt, ward ihm vermutlich die Stelle zum Anhange des Hoheliedes. Es könnte aber übrigens auch zugleich als ein kleiner Belag zur Schatzkammer des großen Königs, so wie in der Haushaltung, so auch vermutlich in der Liebe dienen. – – Die Moral darin ist: »wahre Zucht, Schönheit und Ehre verwahret sich selbst. Sie bedarf keiner Klammern, Bollwerke, Hüter und Türme, so wenig als diese sie ersetzen oder ihr nützen« und diese Moral ist mädchenhaft, und jugendlich eingekleidet – –

39 Ohne Zweifel war *Baal-Hamon* eine der entfernten Lieblingsgegenden, die Salomo anbaute. Und da bei *Balbeck* noch jetzt ein *Hama* in einer fruchtbaren Gegend liegt, das der gemeine Mann *Aman* nennet, (*Arvieux* T. 2. S. 360.) so ists vielleicht dies *Baal-Hamon*.

Es folgt noch das *Fragment eines Gesprächs:*

Du Wohnerin der Gärten,
Die Gespielen horchen auf deine Stimme,
Laß mich sie hören – –

»Fleuch, mein Geliebter, gleich dem Reh,
Dem jungen Hirsch auf duftender Höh – –«

und damit endets. Entweder wollte der Sammler nichts untergehn lassen und fügte auch dies kleine *Duo* bei; oder es sollte noch mehr anzeigen, wie wir gleich untersuchen wollen. Offenbar ists die Stimme eines jungen Liebhabers, der die Stimme dieser Nachtigall hören will; sie winkt ihm aber zu fliehn, wie ein Hirsch auf duftenden Bergen – – und so verhallet das Buch – –

II.
Über den Inhalt, die Art und den Zweck dieses Buchs in der Bibel

Dies sind die Lieder, die ich zu geben hatte. In einem Silbenmaße nach deutschen Mustern würden sie vielleicht auffallender, runder und angenehmer worden sein, allein ich wollte dem Original auch durch Verschönerung nichts vergeben und es lieber, so viel es anging, in seiner uralten hebräischen Einfalt liefern. Was ist nun sein *Inhalt*? was sagt das Buch vom Anfang bis zum Ende?

1. Mich dünkt: *Liebe, Liebe.* Die alten Deutschen nannten es *das Buch der Minne*, und das ists offenbar; vom Kuß fängts an und endigt mit einem zarten Seufzer.

Lady Montague[40] hat in ihren Briefen einige Zeilen aus dem Harem des Sultans zu Konstantinopel gegeben: ich weiß nicht, wer sie läse und nicht zugleich an das ungleich schönere und schätzbarere Lied Salomons dächte? *Jones*[41] hat Proben der morgenländischen, insonderheit persischen Poesie geliefert; ich weiß nicht, wer sie, sowohl Araber, als den Perser *Hafiz* läse, dem nicht zugleich der ungleich lieblichere, einfältigere Salomo einfiele? Selbst *Oßian* und alle Völker in der ersten Einfalt, singen sie Liebe, so ists immer, wie aus dem Hohenliede. Ich dächte, wir nähmen also sicher den Satz an, daß hier

40 In *Harmars* armen und einfältigen *Materialien zum Hohenliede* stehen sie auch; und diese sind fast ganz aus ihnen gezogen.

41 De poesi Asiat. Lips. 1777. Einige Oden von *Hafiz* waren schon in der Abhandlung von der orientalischen Poesie, hinter *Nadir-Schachs* Leben, bekannt und übersetzt.

Liebe gesungen werde, nicht blutige Erobrung, nicht Polizeiwesen, noch Buße und Bekehrung. Es ist weder ein Dialog der Toten im Grabe, noch ein Kompendium der Ketzergeschichte; sondern, was es ist und in jedem Wort sagt, ein *Lied der Liebe*.

2. Und zwar wird Liebe darin gesungen, wie Liebe gesungen werden muß, *einfältig, süß, zart, natürlich*. Jetzt feurig und wallend, jetzt sehnend und habend, im Genuß und im Schimmer, in Pracht und Landeinfalt. Es ist fast keine Situation und Wendung, keine Tages- und Jahrszeit, keine Abwechslung und Einkleidung, die nicht in diesem Liede, wenigstens als Knospe und Keim, vorkäme. Die Liebe des Mannes und Weibes, Jünglinges und Mädchens, vom ersten Kuß und Seufzer bis zur reifen ehelichen Treue – alles findet hier Ort und Stelle. Vom Schuh des Mädchens bis zu seinem Kopfputz, vom Turban des Jünglings bis zu seinem Fußschmucke, nackte Gestalt des Körpers und Kleidung, Palast und Hütte, Garte und Feld, Gassen der Stadt und Einöde, Armut und Reichtum, Tanz und Kriegszug; alles ist erschöpft, alles gefühlt und genossen. In Einem Dichter der Natur und Liebe zeige man mir Eine Situation, die einfältig, wahr, rührend, menschlich sei: konnte sie zu dieser Zeit, unter diesem Himmel gedeihen; so will ich ihm gleich, als Blume oder Blüte, eine beßre in diesem Buche zeigen.

3. Nun weiß aber jedermann, daß nichts in der Welt *lange Erörterung so sehr hasset*, als Liebe. Liebe in einen Folianten gebracht, ist nicht Liebe mehr; Kuß und Seufzer, zum Buch gestempelt, ging längst, ehe er dahin kam, verloren. Wie Nachtigall und Turteltaube nur kurz, in abgesetztem Girren und Klagen singen: so wählte und

erfand sich zu jeder Zeit und unter jedem Volke das kürzeste Gedicht immer die *Liebe*. Sonnet, Bild, Liedchen, Zuschrift, Ode, Madrigal, Idylle, Ekloge; es heiße, wie es wolle, ists Seufzer der Liebe, so ist er nur Hauch, nur Seufzer.

4. Nichts in der Welt fodert also auch so *innige ganze Gegenwart*, als Liebe, und diese ihre kurze Abdrücke und Spuren. Sie ist, wie auch dies Buch sagt, Flamme des Herrn, Blitzstrahl, Funke: ist sie nicht da, du kannst sie dir nicht geben –

> und böt ein Mann auch Haus und Gut um Liebe,
> verschmäht, verachtet ihn! –

Ist sie auch in ihrem Siegel und Abdruck nicht da, erkennst du sie nicht darin, noch kannst sie im ersten elektrischen Strahle fühlen; du magst zu vielem andern gut sein, nur weder zum Liebling, noch zum Ausleger der Liebe. Hier ist alles Augenblick, glückliche Schäferstunde. Genießest du jetzt nicht; diese Stunde, dies Bild, diese Freude kommt nie wieder. Siehe diese Mondnacht, voll Nachtigallengesang und Abendrot und Frühlings- und Zauberdüfte; Alles fließt zusammen, Alles wird Ein Ton, Ein Seufzer. Wie sie jetzt singt, die Nachtigall, wird sie nie wieder singen; wie jetzt das Abendrot glänzt, wird es, bis zum letzten der Tage, nie mehr glänzen. In der unerschöpfbaren Natur ist Alles einzig und einzeln, und so in der Natur aller Naturen, der Liebe. Jedes Bild, jedes Blatt, jedes Liedchen schwimmt in seinem eignen Duft, hat seine einzelne Süßigkeit und Wonne, oder es hat gar keine – –

5. Abdrücken der Liebe kann man also auch kein größer Unrecht tun, als wenn man ihnen das *Individuelle ihrer Gegenwart raubt, sie zu einem locus communis hinüberschleppt* oder gar *in eine willkürliche Hypothese* dichtet. Ein Mensch, der alle zerstreute einzelne Stunden der Freude, des Glücks, der Liebe in Eine Speise mischen, alle Küsse und Seufzer auf Eine Schnur heften und die verschiedensten Düfte und Blumen in Einen Sack tun wollte; was würde er anders, als ein faules Allerlei zuwege bringen? Nähme ers sich nun noch in den Sinn, aus diesen Früchten und Blüten lebendiger Liebe ein schönes Ganze zu machen, *das er zur Schau trägt*; wie würde sich jeder einzelne Baum, jede abgerißne, nun verwelkte Blüte beklagen!

6. Und doch wirkt die *Einbildungskraft* der Menschen gern auf so etwas. Sie, die keine Mauer, kein altes zerfreßnes Holz, keine Wolke am Himmel, Fensterscheibe und Marmorstück ansehn kann, ohne daß sie sich *κοσμον*, eine Welt, ein Ganzes, ein Eins denke; wie wird sie einzelne Verse, Bilder, Sprüche, Fragmente, Lieder ertragen, ohne daß sie sie nicht auch zu einem Ganzen dichte? So ists allen Dichtern kleiner Stücke, insonderheit den Dichtern der Liebe gegangen: man reihete ihre einzelne Stücke auf, ordnete, deutete, flickte sie in Romane, Hypothesen, bis ein erträumtes Ganze da war. So gings *Anakreon* und *Katull*[42], *Horaz* und *Petrarka*; sollte es David und Salomo besser gehen? Es ist doch so schön, wenn Alles ein Eins ist, man kann doch Witz beweisen, eine schöne moralische Absicht hinaus oder hineinbet-

42 Les Amours de Catulle: Memoires de Petrarque & c.

teln, die *einem solchen Buch* nicht unanständig wäre; warum nicht?

7. Indessen haben verständige Leute von der Arbeit auch immer gehalten, was von ihr zu halten war, nämlich sie sei *Flickwerk*. Der Kranke auf dem Bette, der Wahnsinnige, der Hypochonder dichtet auch Bett und Schatten, Nagel und Kleid, Hut und Mondlicht zu einem so malerischen Ganzen, als *DaVinci* seinem Lehrlinge, aus Holz und Mauer zu dichten, nur empfehlen kann; indes bleibts immer Traum und Wahnsinn. So ists auch meistens mit jenen berühmten Versuchen und Hypothesen über einzelne Stücke gegangen, wenn sie in unserm Kopf und nicht in der Sache selbst ihren Grund haben.

8. Nun stehts von Salomo ausdrücklich, er habe eine *Menge Lieder*, wie eine *Menge Sprüche* gedichtet. Bei den Sprüchen nimmt mans an und es ist noch niemand eingefallen, sie anders, als eine Schnur Perlen zu betrachten; sollte man nun über den Punkt seiner Lieder nicht eben dasselbe erwarten? zumal da *Liebe* und *Lied* schon seinem Namen nach Folianten und immensa opera hasset? Träte da nun jemand zum Könige und spräche: »Großer König, siehe, du sangest der Lieder viel, du gibst mir, selbst dem Namen nach, einen *Ausbund*, eine *Blumenlese*, ein *Lied der Lieder*; aber, König, ich habe eine glückliche Hypothese, mit der freilich alle einzelne Stücke, Personen und Situationen zerrissen und verschwemmt, deine viele Lieder aber alle nur Ein Lied werden. Ich nähe und flicke, deute und sticke, verunziere und lege Liebesränke, würdige Moralabsichten, Politik und Mystik hinein, daran du zwar, weiser König, nicht gedacht hast, ich aber denke und dein unwürdiges Buch

seiner biblischen Stelle würdig mache – –« man sage, was würde der königliche Dichter antworten? wie würde er danken? Vielleicht mit dem Spruche:

Das Auge des Weisen sieht, was da ist;
Aber das Hirn des Eitlen dichtet Hypothese.

9. Und doch ist *kein Buch des alten Testaments* reicher daran gewesen, als *dieses*, und *keine Zeit* daran reicher, als die *unsere*. Da der Wortverstand des Textes so klar ist und dieser doch nicht in die Bibel der genannten Leute zu passen schien; so quälte man sich, so ersann man. Schon *Theodor* von *Mopsvest* ward auf einem Konzilium verdammt, weil er einen Wortverstand dieses Buches annahm; unter Juden und Christen ward dieser bald verdrungen und statt dessen Allegorie und Mystik gefädelt. In der neuern Zeit endlich, da der Scharfsinn so sehr emporkommt, ists beinah Mode geworden, daß jeder glückliche Ausleger auch eine eigne glückliche Hypothese habe. Dem großen *Bossuet* wars ein Hochzeitlied Salomons in sieben Tagen; ein noch glücklicherer Ausleger verneinte dies, unter andern weil – von etwas, womit ich dies Papier nicht beflecken mag, darin nicht gedacht werde, und ohne solches könne kein Hochzeitlied bestehen, noch etwas dafür erkannt werden[43]. Er dichtete eine glücklichere Hypothese[44], von einem Eheliede voll

43 Hoc si ita est, mirum, *primae noctis* nulla cani gaudia, nusquam audiri cantica – *ereptam virginitatem*, cuius ad eos indicium deferri solet, gratulantium. Omissum in carmine, *quod primas in illo et praecipuas facere partes debuisset.* Michael. ad Lowth, not. 125. p. 594.

44 p. 593.

orientalischer Liebesränke, intrigues d'amour, Eifersucht, Brunst, Zank, Begier nach einer Nacht, wie sie zwar nicht bei uns, in unsern leider! einpaarigen Ehen, aber desto mehr in jenen morgenländischen Harems statt finde; und seine Verehrer[45] nannten dies »die deutlichste, wahrscheinlichste Hypothese, die nur dem heutigen, berühmtesten deutschen Ausleger für dies dunkle Buch zu erfinden aufbehalten gewesen: eine Hypothese, die eine so wichtige moralische Absicht entdeckt, die niemand mit Grunde für eines biblischen Buchs unanständig halten könne. Ein anderer angesehener und feiner Gottesgelehrter folgte jenem berühmtesten deutschen Ausleger auf der Spur nach, nahm in Ansehung der Sulamith eine neue Hypothese an, war auch in Anwendung derselben so glücklich, daß der Erfinder des buchstäblichen und moralischen Sinnes ihm mit einer freundschaftlichen Verleugnung und Großmut, die unter Schriftstellern nur selten ein Beispiel haben wird, die Ehre der Erfindung des Ganzen gleichsam aufdrang u. s. w.« – – So stehet die Sache. Durch lauter glückliche neue Hypothesen geendigt, gekrönt, mit so viel freundschaftlicher Verleugnung und Großmut besiegelt; und jede Messe kommen neue glückliche Hypothesen, mystisch und arabisch, arabisch und mystisch. Die neue unanständiger, als die alte, und manche vornehme Theologen unsrer Zeit, die sich überhaupt jetzo sonderbar nehmen, gebärden sich dabei wieder auf andre Weise glücklich anders. Sie haben das Buch aus ihrem Kanon

45 S. Hrn. D. *Runge* Vorrede zu Puffendorfs Hohenliede. Ich habe gegen diese anderweit sehr verdiente Männer nichts, aber desto mehr gegen das ekle Lob ihrer Nachtreter.

ruhig ausgeschlossen, verbitten es vornehm höflich, daß der berühmteste deutsche Übersetzer es doch ja nicht deutsch übersetze und *seine* Bibel damit verunziere. Ja mehr als Einer hat Anlaß genommen, aus Gelegenheit dieses unschuldigen Buchs über den ganzen Kanon Erbrechungen zu sagen, die zu wiederholen mich die Muse bewahre. So stehts also mit dir, schöner Garte, liebe unschuldige Perle!

10. Und darf ich sagen, daß dies die *Ursache* war, warum ich, der ewig nur ein stiller Liebhaber dieses Rosenhains zu sein dachte, unter andern vielleicht notwendigern Arbeiten einige Stunden der Erholung dem *öffentlichen Geschreibe über dieses Buch stahl*? Der Eindruck, den ich davon hatte, war so anders: dem Buche und seinethalb der ganzen Bibel geschah in meinem Sinn so Unrecht: jede neuere Hypothese schien mir immer so niedriger, so fremder, so wüster: das Buch ohn' alle Hypothese in seiner Einfalt und nackten Unschuld so edler, anständiger und zugleich so unwidersprechlich klar – – kurz, ich trauerte darüber, wie über einen zertretnen Garten, wie über eine getrübte Quelle ein Liebling trauert. Einen Myrtenhain der Liebe aus so alten Zeiten also entweiht, jedem vorübergehenden Auge Preisgegeben, die Grazie des Hohenliedes, diese Schwester der Unschuld, sogar in öffentlichen Lehrstunden als eine Unzüchtige entschleiert, und errötende Jünglinge an ihr und an dem Buche, das sie enthält, vielleicht auf Zeitlebens gebrandmalt und geärgert zu sehen und zu hören; freilich das stach mir in Herz und Nieren. Ich ging nochmals zum Buche, zu sehen, was da war, und zog die ältesten und neuesten Ausleger zu Rat, nur keiner war mir lieber,

als der von allen beleidigte klare *Wortverstand*, der Ausleger aller Ausleger. Ich wagte endlich die Übersetzung; aber wie ward mir da? Jedes Liedchen, jede Zeile sollte, so viel möglich, in ihrem Duft, in ihrer Farbe sein, nichts verschönert, verneut, verschmäckelt; so viel möglich, nichts seinem Ort, seiner Zeit, seinem Lande entrissen werden – und wie schwer war das! Eine einzelne lebendige Empfindung, insonderheit der Liebe, sie hangt so sehr vom Moment, vom Zauber tausend kleiner Umstände und Farben ab, daß sie außer demselben, wie jedes zarte Wesen, in fremder Luft stirbt. Löwe und Adler lassen sich eher entführen, als der Kolibri oder die Grazie einer ausländischen Morgenblume.

11. Dazu kommt nun, daß nichts so *verschieden ist, als Morgenlands Poesie, Sprache und Liebe gegen die unsre*. Ich hatte diese einzelnen lieblichen Blumen zuerst in unsre Sylbenmaße gekleidet und nur so unmerklich zu runden gesucht, als ichs unserm Ohr nötig glaubte; aller Gang des Originals aber, sein Ausströmen, sein trunkner Flug und wiederum seine Kindeseinfalt, sein Winken, sein Lallen war damit verloren. Es waren deutsche Verse, nichts weiter. Wer die Ursprache dieses Liedes und aller hebräischen Lieder dem Bau der Worte, ja auch nur dem Laut und Klange nach kennt, wird an einer poetischen Übersetzung derselben in unsre schwere, kalte, nordische, ganz anders gebauete und geformte Sprache *beinah*, und an dem Übertrage ihres Sylbenmaßes (gesetzt, daß wirs auch genau wüßten,) gewiß *ganz* verzweifeln. Ein Weib (hierin der beste Richter) lasse sich die süßeste Stellen des Buchs, die wahre *Kol-Dodi-li* nur vorlesen und wörtlich übersetzen, und urteile. Der Sinn schwin-

det mir, wenn ich denke, daß Jemand alle Psalmen, die erhabensten, strömendsten, entzückendsten Lieder der Hebräer, Moses, Hiob und alle Propheten in so viel Verse, Sylben und Töne der deutschen Sprache hat bringen wollen, als die Urschrift hat, zugleich mit dem Sinn und Wohlklange desselben. Eher wollte ich das Lallen meines Kindes und das Girren der Turteltaube in die Rednersprache des Cicero bringen, daß beide noch, was sie sind, blieben – –

12. Der Inhalt des Buchs also, Liebe und orientalische Liebe *aus denen Zeiten*, macht alles am schwersten. Wenn sich der Europäer im Punkte der Weiber recht bescheiden dünkt, wird er dem Morgenländer oft unerträglich; und wenn dieser sich über sie mit Manneswürde, und der freien offnen Einfalt ausdruckt, die allein Unschuld ist, so jucken unsre Ohren; unser *Geschmack* ist beleidigt, wir wollen *Zweideutigkeiten* und *Krebillonsche Hüllen*. Ist die griechische Liebe oft schon für uns zu nackt; wie denn die morgenländische, die unbekleidetste von allen? Die Würze sind uns zu duftend, ihr Heiligtum zu heilig – – Nun wolle jemand noch erläutern! Liebe erläutern, ist schon ein unglücklich Ding; wer sie nicht von selbst fühlt, ist ihres Genusses nicht fähig oder nicht wert. Und morgenländische Liebe erläutern, d. i. die Nacktheit noch nackter machen! wie unschuldig muß das Buch sein, das dies zuläßt, das durch und durch diese Probe aushält! Und siehe, es tuts das *Lied aller Lieder*. Wenn jener Rabbi darüber entzückt ausrief: »an dem Tage, da es der Welt erschien, ist die Vollkommenheit der Dinge geboren«; so möchte ich hinzusetzen: »am Tage seiner Geburt herzten sich Süßigkeit und Unschuld

auf dem Schoß ihrer Mutter, der Liebe.« Man verzeihe also meine Kühnheit, mein Stammlen: es war mir um *Seele, Zweck, Geist des Buchs* zu tun in *jedem einzelnen Bilde und Liede.* Hat man diese gefasset, so gehe man zu Luthers Übersetzung; sie ist uns, trotz einzelner Fehler, noch immer unersetzt und unerreichbar an Süßigkeit und ungezwungener Einfalt, so wie an Stärke und Leben.

»So ist aber das Buch kein Ganzes? so schwimmen in ihm lauter unaufgefaßte Perlen?« – Mich dünkt, Ganzes gnug, aufgefaßt gnug, nur nicht auf die Schnur einer willkürlichen Hypothese.

1. Ist schon der *Name Salomo* Bindung: die Lieder alle sind *Salomonisch.* Ohne untersuchen zu wollen und entscheiden zu können, ob jede Zeile von seiner Hand sei? ob er als ein blühender Narcissus sich selbst besungen, sich selbst geliebet, und alles also Spiel ist? oder ob er so glücklich war, zu bewirken, was manche spätere Stifter der sogenannten goldnen Zeiten des Geschmacks selten erreichten, ihren Geschmack rings um sich her verbreitet, die Saiten der Zeit mit sich harmonisch geregt zu haben und jetzt das Echo des Saitenspiels zu genießen, das sie selbst schufen, *den Nachklang* nämlich *ihrer eignen Seele.* So viel ist gewiß, daß *Liebe*, Salomonische Liebe, tun kann, was Sold und Zwang, Vorschrift und Regel wohl nicht zu tun vermöchten: denn nichts verschwistert, nichts verbindet so sehr, als Liebe. Sie gibt und nimmt, bis sie nichts mehr zu geben oder zu nehmen hat, bis sie Eins ist. Sie ist der Stimmhammer der Herzen zum Einklange: man bildet und wird gebildet, hört und

singt nach. Wie Salomo im Alter von seinen Weibern Torheit und Abgötterei lernte, so konnte in seiner Jugend der ohnehin zärtere und bildsamere Teil der Vereinigung, seine Geliebte, von ihm Liebe und Gesang lernen, ihm antworten, wie er sie lockte, und so wäre doch Salomo *Urheber des Buchs*, sie sang nur als Echo, aus seiner in seine Seele. – –

Aber noch ohne diese Frage, deren Entscheidung ich nicht übernähme, ist dies Buch im größten Verstande *Salomonisch*, ein *Abdruck* nämlich von dem *Geschmack*, von der *Liebe*, von der *Üppigkeit* und *Zier*, wie sie zu Salomons Zeiten, und sonst nimmer im hebräischen Volk, lebten. Seit Vater Adam sein Hohelied der Liebe im Paradiese sang; wenn und wo konnte diese zarte Blume des Friedens und der Ruhe so gedeihen, als in diesem Salomonischen Tale des Friedens? Unter den Zelten der Patriarchen nicht: Isaak scherzte mit seinem Weibe Rebekka; aber er würde nicht, wie Salomo, gesungen haben. Es waren noch die mühseligen Zeiten des Wanderlebens; der Sinn der Patriarchen sollte uns nur in erhabnen göttlichen Weissagungen über ihr Geschlecht, nicht in Liedern der Liebe vorschweben; Jakob diente um seine Rahel, aber er sang sie nicht. Die Zeiten Moses in der Wüste waren theurgisch, kriegerisch, erhaben und strenge. So tönte das Siegslied am roten Meere, so die Gesänge Bileams, und Moses letzte Worte. Die Wüste war das Treibhaus des jüdischen Volks; die Sonne der Gesetzgebung und politischen Bildung lag schwer auf ihnen. – Zu den Zeiten der Helden war alles kriegerisch oder ländlich; Deborahs Siegslied und Jothams vortreffliche Fabel konnten damals gedeihn, kaum aber ein Salomonisches Lied der Liebe. So lange David regierte und seine Hände mit Blut färbte, sproßte sein ewiger Lorbeer, aber nicht die sanfte Myrte der Liebe, dieses Überflusses, dieser Rosenweiche. Er erwuchs vom Schäfer- zum Königsstabe, mit einer sanften Seele, aber unter dem Drange der Verfolgung, Arbeit und Gefahr: seine Lieder mußten also wie sein Leben werden, – edle Blumen auf wilden Bergen, von mancherlei Winden des Himmels erregt und geschüttelt, also frisch und grün und stärkend. Und *hinter ihm her* ward Zeit zur Salomonischen Ruhe, Poesie und Liebe. Der geliebte Knabe (Jedidja) erwuchs unter Rosen, und ward, wie sein Vater vom Schäfer König, so er vom Könige wieder Schäfer. Friede und Glückseligkeit bedeutet sein Name, Glück, Weisheit, Ruhe, Reichtum waren der Segen seiner Regierung. So weissagt Gott von ihm, so redet alles von ihm; bis auf die spätesten Zeiten ist der Name Salomo ein Name des Reichtums, der Herrlichkeit, der Pracht, des Glücks und der Rosenliebe geworden. Er konnte den Tempel bauen und die Harfe der Liebe schlagen; auch in seinen Fehlern, die er nie aus Bosheit beging, schonte ihn Gott, daß er den geliebten Knaben nur mit Menschenruten züchtigen wollte, und die Strafe bis hinter seinen Tod verschob. Lasset uns einen Psalm hören, der *Salomons Namen* führt und vielleicht das Ideal seiner Regierung singet:

DER 72STE PSALM

Ein Psalm Salomons

Dein Recht, o Gott, dem König gib,
  Die Wahrheit Königssohn,
Daß deinem Volk er Hirte sei,
  Den Armen schaffe Recht.

Daß rings auf Bergen Frieden blüh,
  Auf allen Hügeln Heil:
Dem Unterdrückten sei er Fels,
  Dem Unterdrücker Grimm.

So lang die Sonn' am Himmel glänzt,
  So lange Mondlicht lacht,
Blüh von Geschlecht hin zu Geschlecht
  Dein Name prächtig fort.

Wie Regen sanft auf dürres Land,
  Wie Tau zur matten Flur,
So wall' hinunter sein Gericht,
  Und der Gerechte blüh.

Er blüh empor und Friede blüh,
  So lange Mondlicht lacht,
Vom Meere bis zum Meer hinan,
  Vom Fluß zum Ufer hin.

Der Wüstenwohner knie vor ihm,
  Und lecke seinen Staub;

Der Inseln König, Tarsis Fürst,
Anbet' ihn mit Geschenk,

Und Scheba's, Seba's Fürstenheer,
Mit Gaben fron' es ihm,
Ihm neigen sich die Könige,
Die Völker seinem Wink.

Weil er dem Armen, als er schrie,
Dem Hülfelosen half,
Erbarmte sich des Niedrigen,
Erbarmte sich der Not,

Half auf von List ihm und Gewalt,
Sein Blut war teuer ihm.
Drum leb' er! Seba zoll' ihm Gold,
Und Segen und Gebet.

Wo kaum vorhin ein Halm gesproßt,
Auf dürrer Berge Haupt;
Da rausche Frucht ihm, wie da rauscht
Der Wald auf Libanon.

Und seine Städte sprießen Volk,
Wie Kraut die Erde drängt,
Aus ihrem Schoß hervor. Sein Ruhm
Sei ewig wie die Sonn'.

Und alle Völker segnen sich
An seinem Namen, ihn

Mit Danke krönend: »Hochgelobt
Sei Gott, Israels Gott,

Der Wunder tut alleine, der
Gelobt in Ewigkeit!
Die weite Welt soll werden voll
Amen, von seinem Ruhm.«

Nur unter einer solchen Regierung konnte die Blume des Hohenliedes sprossen; sobald Salomo's Augen sich zutaten, ward eine andre Zeit und jene kam nie dem jüdischen Volke wieder. Es ist also das schönste *Denkmal der friedseligen Salomonischen Periode*, da er wetteiferte mit seinen Dichtern, wetteiferte mit den Gespielinnen seiner Liebe. Sein Ruhm drang in Arabien, und die Königin des reichen und glücklichen Landes kam mit Rätseln und Sprüchen, Geschenken und Liedern, wie zum Wettkampfe an seinen Hof.

Wer die andern Schriften Salomo's gelesen, wird dies königliche Siegel auf dem Hohenliede so wenig verkennen, daß er gerade in ihm die *jüngere Schwester der Weisheit* in den *Sprüchen* und des *ältern Bruders* im *Prediger* auf allen Seiten erblicken müßte. Eben die zarte Seele, die hier herrschet, redet auch dort, nur hier in Liebe und Freude, dort in Weisheit und Sittenlehre, endlich in abgezogner stiller Betrachtung. Wie er hier Liebe, so personifiziert er dort die *Weisheit*, nennet sie auch oft seine *Schwester*, seine *Geliebte*, dichtet sie eben so schön, reizend, lockend, rufend, erquickend und erwärmend. *Klugheit* und *Gottesfurcht* ist ihm schöner *Schmuck* an ihrem *Halse*: er ermahnt, diese so von *Vater* und *Mutter* anzunehmen, wie er dort seine *Geliebte* annahm. Nichts ist ihm verhaßter, als die Ehebrecherin, die Verführerin, die er mit den ernstesten Farben so eigen und charakteristisch schildert, daß man die Gegenseite vom Hohenliede zu lesen glaubt. Und kurz, die *schönsten Stellen*, *Bilder* und *Dichtungen der Sprüche* sind dieses Buchs offenbare *Schwestern*. Der Prediger beziehet sich eben darauf, geht davon aus und kommt dahin zurück nach allen Versuchen; nämlich auf *Unschuld*, *Friede*, *Liebe* und *Freude*. Das Siegel der *Seele Salomons* ist also, dünkt mich, *Einheit gnug* auf diesem Buche: es ist die Blüte seiner Jugendseele, sein *Lied der Lieder* voll Feinheit, Geschmack, Liebe und Jugendfreude.

2. Offenbar aber hat der Verfasser oder Sammler noch einen feinen *Faden der Einheit* durchgewebt, über den ich mich, nicht weil Ich ihn finde, sondern weil er *wahr* und *lehrreich* ist, freue. Er verfolgt nämlich die *Liebe* von ihrem ersten *Keim*, von ihrer *zärtesten Knospe*, durch alle *Stufen* und *Zustände ihres Wachstums*, ihrer *Blüte*, ihres *Gedeihens* bis zu *reifer Frucht* und neuer *Sprosse*. Was viel Schriftsteller mit so philosophischer Zurüstung haben zeigen und erlangen wollen, zeigt der Weiseste der Menschen, der Philosoph im Myrten- und Rosenkranze, auf seine Art, spielend. Lasset uns die Lieder ernstlich durchgehn; es wird bei ihrer Verschiedenheit ein Blumen- und Brautkranz, wo nichts sich rücken, nichts verändern läßt, ohne daß der feine philosophische Sinn des Ganzen leide.

Der *Kuß* beginnet, oder vielmehr ein Seufzer nach dem ersten Kuß der Liebe. Man siehet, aus welchen Düften des Lobes, der Hoffnung, der Freude, der Schönheit er sich gleichsam entspann und wie sich in ihrem verlangenden Herzen das erste Sehnen der Liebe regte. Die Liebe lebt hier in der Ferne, wo sie zuerst immer lebet, sie ist noch rein, neidlos, spricht mit dem Abwesenden, hat nichts und genießet immer. V. 1-3.

Jetzt ist sie seiner Liebe *gewisser*, aber auch schon *beneidet*, ihr vorgerückt Fehler, Armut: sie muß sich verteidigen, klagen, Trost suchen bei ihrem Einigen, aber auch den durch Feld und Zelte und Mittagsglut und gaffende Augen suchen. Auch fühlt sie ihren Abstand zwischen ihm und sich, seinen Reichtum, ihre Armut; bis er sie aufrichtet und ihrer Blödigkeit Spur weiset. Der erste fröhliche Keim der Liebe fängt hier an in Mühe und Kampf, wie zu ersterben, und grünt dadurch nur schöner, wird neu und lebendig. (V. 4-7.)

Denn nun zeigt Liebe sich schon in *Denkmalen*, in *Liebeszeichen*, in *Pracht-* und *Blumengeschenken*. Er sieht sich in ihrer Kette, sie ihn in seinen Blumen, er übernachtet ihr am Herzen, die verhüllete Palmsprosse ist ihr. (V. 8-13.) Und jetzt folgt der Wettgesang der Liebe, der süße Augenblick von Verwandlung, Umschmelzung, Anerkennung als Traum der Zukunft. Er sieht sie, sie ihn schön: sie sieht ihr Bette der Natur, ihr grünendes Brautbett, empfängt ihren Geliebten im Bilde des lieblichen Apfelbaums, des Paniers der Liebe, voll labender Früchte. Sie berauschet sich an diesen voll Traums, voll fröhlicher Ahndung, ermattet und sinkt in Schlummer. Ihr Geliebter singt zum erstenmale das süße Schlaflied, und offenbar ist die erste Szene des Buchs vorüber. (Kap. 1,14. bis Kap. 2,7.)

Die *zweite* beginnet, so schön sie beginnen kann, mit

Frühling und *Morgen* und *Blumengarten*. Der Frühling kommt nach langem Winter, der Geliebte aus weiter Entfernung: ihre Liebe erwacht, mit allem Fröhlichen der Natur; aber es ist nur noch Morgengruß, Frühlingsgesang draußen vorm Geländer. (Kap. 2,8-14.) Die Braut antwortet nicht; jedes geht zu seiner *Frühlingsarbeit*. Darum kommt jetzt das *Scheuchlied* wider die Füchse und das Lied der Sehnsucht nach dem bei seinem *Tagwerk* abwesenden Geliebten. (Kap. 2,15-17.) Und er kommt nicht: sie sucht in Träumen ihn im Bette, findet ihn nicht, sucht ihn in den Straßen und Gassen, findet ihn, bringt ihn in die Kammer ihrer Mutter; er wird ihre, nicht sie seine Beute. – Was hier in jedem Umstande, in jeder Tages- und Jahrszeit, in Nacht und Suchen für Delikatesse und Wahrheit liege, mag ich nicht erklären. Gnug, es kann das süße *Schlummerlied* zum zweitenmale folgen. *Sie hat ihn:* die zweite Szene ist vorüber. (Kap. 3, 1-5.)

Die *dritte* beginnet auszeichnend mit dem »*Was steigt dort aus der Wüste?*« ein Ausruf, der mehrmals anfangen wird. Sie kommt als Rauch in der Dämmerung: des Königs *Bette* wird beschrieben, das Bett des Schreckens, der Pracht, der Vermählung. Salomo ist *vermählt* und die Töchter Jerusalems sollen ihn schauen. (Kap. 3, 6-11.) Nun folgen *Lieder des Lobes* und der *Liebe*, süß und feurig und entzückend, wie der Wein der Vermählung. (Kap. 4, 1-16.) Wir sahen droben, wie die züchtige Braut die erste Beschreibung unterbrach (V. 6.) und die zweite nochmals ablenket. (Kap. 5, 1.) Der Geliebte folgt ihr und die Freudenszene endet mit dem Freudenmahl seiner Freunde im Garten. (V. 2.)

Es steigt ein *Wölkchen* auf am Himmel der Seligkeit und Brautliebe. Er kommt ihre Tür salben; sie schlummert, säumt und tut ihm nicht auf. Er entweicht, sie muß suchen, Reue und Schmach und Schmerzen fühlen über den bösen Augenblick ihrer ersten Lauigkeit und Säumnis. Jetzt ist es Zeit und Ort, daß ihr Herz *sein* Lob, *seine* Gestalt singe, aufgefodert und unter dem Schleier der Nachtzeit. (Kap. 5, 2-16.) Eifersüchtig aber läßt sie ihre Gespielinnen nicht mitsuchen: sie ist gewiß, daß er *ihr* ist, (Kap. 5, 17. K. 6, 1.2.) und wird mit einem prächtigen Lobesgesange belohnt: »sie sei ihm Eine und solle auch immer die *Eine* ihm bleiben.« (Kap. 6, 3-8.) Diese Szene ist abermals voll von Wendungen und Schlingungen des Herzens; daher die Mystik geistlicher Liebe sie auch vielfach und fein gebraucht hat.

Offenbar beginnt wiederum eine neue Szene mit dem Gesange: *»wer steigt dort aus der Wüsten empor?«* und sie ist die prächtigste im Buche. Kriegerisch und im Tanze wird sie die Göttin der *Schönheit* und (nach so viel einleitender Mäßigung) auch die Göttin der *Wollust*, der Lust und Liebe, (Kap. 6, 9. bis Kap. 7, 9) bis sie dem Liebhaber auf dem Gipfel seiner Trunkenheit sanft einfällt und als eine Blume der *Unschuld* auf dem Lande blühet. (Kap. 7, 9. bis Kap. 8, 3.) Diese Szene ist das Elysium des Buchs auch in feiner Wendung und Lehre, voll des tiefen Gefühls, wie die Natur liebe. Sie endet also auch zum dritten und letzten male mit dem *Schlummerliede der Unschuld*. (Kap. 8, 4.)

Die sechste Szene fängt an, wie die dritte und fünfte, mit dem: »*Wer steigt dort auf?*« nur sie ist kürzer und leiser. Wie der Gesang der Nachtigall erstirbt, wenn sie ausgebrütet hat, so wird auch hier die Liebe eheliche Treue, sie lieben still und ruhig. Es ist der schöne Herbst ihres Lebens, der sich des Frühlings erinnert und mit einem ewigen Bunde alter Freundschaft ihn besiegelt. (Kap. 8, 5-7.) Hier ist das Buch der Liebe geendet.

Was folgt, betrifft etwa die *Erneurung* derselben in ihren *Früchten*. Es ist das *Gespräch der Brüder und Schwestern*, betrifft die *Altklugheit* der ersten, und den sie verhöhnenden *Mut* und *Reiz* des Jugendmädchens. (Kap. 8, 8-12.) Vermutlich ist sie selbst auch die junge Nachtigall, die ihren Eltern nachschlägt und bei dem ersten Gartenbesuch, wie ein Hall junger Liebe, das Buch endet. Wirklich ist dies das Ende des Liedes, denn der Roman der Alten hört auf, wenn der Roman der Jungen anfängt:

> you'll in your girls again be courted
> and I'll go a wooing in my boys.

Dies wäre der Faden des Buchs, seinem Inhalt nach; doch bitte ich, daß er nicht zum Ankerseil gemacht und eine scholastische Metaphysik der Liebe daran gereihet werde. Die einzelnen Stücke müssen ihr individuelles Leben behalten; dies ist nur Fassung vieler Perlen an Einer Schnur; das *Lied der Lieder*.

3. Wie aber? da es doch Absätze, Szenen, einerlei Anfänge und Schlußlieder hat: sollte es nicht ein *Singspiel*, eine *Oper*, ein *Drama* sein von der Hand des königlichen Dichters? – Auch also ists schon behandelt[46] und zum

46 Das Hohelied des Salomo, samt einer vorgesetzten Einleitung und Abteilung als eines geistlichen Singspiels von G. W. (Georg Wachter.)

Teil grob gnug durchgeführet worden. Lasset uns sehen, was man dazu für Grund habe?

Noch bis jetzt kennet der Orient kein eigentliches Drama: so viel Dichter die Araber, auch nach ihrer Bekanntschaft mit den Griechen, in aller Art gehabt haben[47]; dramatische Dichter haben sie nie gehabt, sie brachten es nie weiter als zum Lehr- und Heldengedicht, zur Ode und zum Lied in aller Art, zur Fabel und zum Gespräch. Weder Ungeschicklichkeit, noch Sprache; sondern ihre Sitten, ihr Charakter, der Begriff, den sie sich von der Dichtkunst machten, waren daran Ursach. Das Handeln und Gestikulieren auf dem Schauplatz ist einem Morgenländer verächtlich; auch im gemeinen Reden spricht er mit dem Munde, nicht mit den Händen, er stehet wie eine verhüllte, schweigende Gestalt da. Der Beruf ihrer Weiber ists nicht, sich zur Schau zu stellen, zu tanzen oder zu agieren für andere; sie sind verhüllete Kleinode, verwahrte Schätze der männlichen Ehre. Daher haben auch die Morgenländer von dem, was der Theaterdichter die »Führung eines Charakters« nennt, wenig Begriff und muß ihnen großen Teils, wie ein Kinderspiel, ein feines Gewebe in der Phantasie des Dichters scheinen. Sie schneiden die Menschheit aus der Fülle, wie sie sie in der Fülle genießen. – –

Wende ich dies auf die Zeiten Salomons und auf unser Buch an; so wird mir das *Theatralische* darin zehntausendmal unwahrscheinlicher. Der König sollte sein Leben der Liebe, auch nur vor seinen Weibern, auch nur in

Memmingen 1722. Übrigens eine Schrift, in der viel gesunder Verstand ist – diese Hypothese ausgenommen.

47 S. Casiri Bibl. Arab. Hisp. –

seinem Harem also *Preis geben* und recht eigentlich prostituieren? Was ihm süßer Genuß, Spiel und Laune des gegenwärtigen Augenblicks gewesen war, sollte er jetzt sich zum Ekel, seiner Geliebten zur Errötung wie einen Puppenjahrmarkt da vorbeipassieren lassen, damit es ihm fades, gähnendes Hofamüsement würde? Niemals war Salomo ein solcher Schach; er genoß die Blüten der Liebe *lebendig*, nicht aufgeklebt und aufgetrocknet im geschminkten Koulissenkästchen. Bringt diese Auftritte der Natur und Liebe (mich gereut schon, daß ich sie *Szenen* genannt habe,) aufs Theater; so ist ihr Reiz dahin, ihre Farbe der Jugend ist Äfferei und Schminke. Sinesisch genug wird das Schauspiel werden; aber für Salomo und seine Geliebte Ekel und Greuel – Mord ihrer schönsten Augenblicke und Erinnerungen des Lebens.

Und was hätten wir denn im Liede selbst für Grund, so etwas zu glauben? Keinen, gar keinen: es ist also abermals eine glückliche *Hypothese*. Die Anfänge und Absätze dieser Lieder sind *Liederanfänge*, *Liederabsätze*, die wiederkommen, weil es das Ohr, weil es die Materie so will. Hat nicht jede Nation ihre Lieblingsanfänge und Wiederholungen? liebt nicht insonderheit das Schäfergedicht und die Liebe solche Abwechslung, solch angenehmes Wiederkommen, Gespräche, Wettgesänge, Amöbäische Lieder, wie wiederholte Küsse und Schwüre[48]? Da nun im Morgenlande die Gesänge so wert sind, da man ganze Nächte damit hinbringet und in Wechselchören den Morgen erwartet[49], da kein Besuch der Weiber, kein Fest, am allermeisten kein Brautfest ohne Musik und Lie-

48 S. Theocrit. Mosch. Bion. Virgil. eclog.

49 *Shaw* S. 178. 179.

der gefeiert werden kann; was haben wir nötig, zu suchen und zu raten? Sind dies nicht offenbare Abdrücke und Reste solcher Liebes- und Hochzeitfreuden?

Damit aber auch hier niemand sogleich Kreis ziehe und das Hohelied zum Gesang *Eines* Brautfests, zum Drama von *sieben* Tagen u. dgl. mache; füge ich gleich hinzu, daß nichts davon den Sitten Morgenlandes gemäß ist. Die vermählte oder zu vermählende Braut schweigt: sie ist verhüllet; man lobet und singt sie, aber sie antwortet, sie tanzt nicht vor den Gästen; geschweige, daß alle übrige Auftritte dieses Liedes, als *Hochzeitroman*, statt fänden. Kurz, (und soll ichs hundertmal sagen?) es ist das *Lied der Lieder* Salomo's, d. i. *der Ausbund seiner Lieder der Liebe und Jugendfreude*. Nähern Aufschluß darüber und über einzelne Stellen und Szenen hat uns die Geschichte nicht gegeben.

Aber warum steht denn das Lied *in der Bibel*? Ich kann nicht anders antworten, als, warum steht *Salomo* in der Bibel und warum war er, der er war? Es ist ein abgeschmackter Wahn unsres Lustrums, daß die Bibel eine Spreutenne kahler Moralen und trockner Akroame sein müsse; weder die Natur noch sie selbst hat den Wahn genehmigt. In der Natur spricht Gott nicht vom Holzkatheder zu uns und so wollte er auch nicht in der Schrift zu uns sprechen; sondern durch Geschichte, durch Erfahrung, durch Führung Eines Volks, dem ganzen Menschengeschlecht zum Vorbilde. Was nun in diesem Volk für *Hauptpersonen* in den Weg des göttlichen Ratschlusses traten, die mußten *festgestellt*, die mußten *entwickelt* werden; und zwar entwickelt sie die Bibel, wie kein wankendes Schiff eines Geschichtschreibers oder Dichters sie entwickeln kann. Hier stehen sie als Sterne in dem himmlischen Bilderkreise, der die Erde umschlinget und der, wenn hienieden Alles wie Staub und Nebel, Trümmer und Ameisen, aufwallet und hinsinkt, *stehet* und *bleibt*, uns Zenit und Nadir, Zeichen, Zeiten und festen Standpunkt verleihet. In dem Kreise stehet auch Salomon mit seinen *Tugenden* und *Fehlern*; was ihn also *ins Licht setzt, bestimmt*, wie ihn die Bibel bestimmt haben will, das ist *Urkunde seiner, Belag* zu *seinem Leben*, sein *Wort* und *Tat*. Und was ist dergleichen mehr, als das Hohelied Salomons? an seiner Stelle so wichtig, als seine übrige Schriften.

Wenn in der Bibel steht: »*Salomo hatte fünfhundert Weiber zu Frauen und dreihundert Kebsweiber*«; wenn da steht: »*Salomo liebte viel ausländische Weiber, dazu die Tochter des Königs in Ägypten – er war weiser, als alle vor ihm, auch weiser, als die Dichter an seinem Hofe – seine Lieder waren dreitausend fünf – er sprach von der Ceder Libanons bis zum Ysop an der Wand*, auch von Gewürm, Vieh, Vögeln –« wenn dies alles unleugbar da steht, wird man nicht hingerissen zu fragen: wie redete er denn von seinen Weibern? wie sang er? wovon handelten so viel Lieder? wie sang er den großen Inhalt seines Lebens, die Liebe? wie sang er sie, als der weiseste und glücklichste König? Wenns in die Geschichte Davids gehört, wie Simei fluchte, in die Geschichte Hiobs, wie der Teufel vor Gott, und in die Geschichte des Bels zu Babel, wie die Pfaffen zum Könige sprachen; so, dünkt mich, wäre es ein schwaches Mohnhaupt, das dem Geiste Gottes verwehren wollte, uns zu zeigen, wie *Salomo dich-*

tete? wie *Salomo sang?* wie er über die *Triebfeder seines Lebens dichtete*, über Weib und Liebe? –

Stünde es im Verfolg der Geschichte Salomo's: »*seiner Lieder waren dreitausend und fünf, und dies ist das Lied* d. i. der Ausbund *seiner Lieder*«, wer könnte was dagegen haben? So wenig als gegen Lamechs Lied an seine Weiber, als ⟨gegen⟩ das Brunnenlied in der Wüste, oder als gegen Jothams Fabel. »Nun aber stehts als ein *besondres Buch* da –« und weswegen stehts da? als weil es für jenen Ort zu groß und so ein Ganzes war, als seine übrigen Schriften. Gehörten der Prediger und die Sprüchwörter dahin, warum nicht auch dieses? als *göttlich-autorisierter Belag seines Charakters und Lebens*. Darum steht es auch unter den hagiographis, den heiligen Büchern, die mehrere dergleichen Beläge enthalten.

Kurz, alle Schriften Salomo's werden hiemit *historisch* und *charakteristisch*. Sie sollen in sein Leben zurückgeführt, in seine Seele gelesen werden, so widersprechen sie einander nicht, sondern erklären einander. Keiner, als der die Sprüche schrieb, hat das Hohelied geschrieben, und der dies schrieb, wird auch wahrlich einst den Prediger zu schreiben haben. In diesem Sinne soll man die Bibel lesen; nicht alle Kräuter, wenn es auch Worte des Teufels wären, deswegen fressen, weil sie in der Bibel stehen und also ja zitierte Kräuter Gottes sind. *Zur Lehre*, sagen die Apostel, *ist uns, was da ist, geschrieben, zur Besserung und zum Unterrichte*; nicht zum dummen Anbeten und zum Verschlucken ohne Verdauung, wovon bei den besten sowohl, als schädlichsten Kräutern auch das Vieh stirbt. – –

Hier wäre Ort, eine herrliche Stelle Luthers anzuführen, aus seiner Vorrede über den Psalter: »wie gut es die Bibel mit uns meine, daß sie nicht bloß von den *Werken* heiliger Personen rumpele, sondern auch ihre *Worte* erzähle und den ganzen *Grund ihrer Herzen*, in Freude und Leid, durch ihre eigne *Sprache* uns fürhalte«, weils aber manchen vom Psalter zum Hohenliede, vom Vater auf den Sohn ein zu großer Sprung dünkte: so wollen wir, ohne Zitationen, in wenigen Worten fortfahren, »was auch dies Buch samt den andern Schriften Salomo's auf sein *Leben* und *seinen Charakter* für Bezug habe.«

1. Davids Sohn war Salomo, der Geliebte seiner Mutter, der Gottgeliebte.

Ach Auserwählter, meines Herzens Sohn,
Du Ein'ger, meiner Wünsche Sohn,
Gib nicht den Weibern deine Kraft,
Geh nicht den Weg, drin Könige verderben.

O nicht den Königen!
Du Gottgeweihter, nicht den Königen,
Gebühret Wein,
Den Fürsten starker Trank nicht.

Sie tränken und vergäßen des Gesetzes,
Und krümmeten das Recht der Armen.

Gebt Labetrunk dem Elenden,
Und süßen Wein dem bitterlich betrübten;

Er trink' und denke seines Jammers nicht,
Vergesse Not und Kummer – –

Das war die Lehre, die den Gottgeweihten *Jedidja* seine Mutter lehrte[50] und Nathan gewiß bestätigt haben wird. Seine Regierung ging auf, wie ein Stern des *Friedens*; der angeführte 72ste Psalm besingt sie als eine Zeit der *Gerechtigkeit* und *Königsmilde*. Sein Urteilsspruch träufelte auf sein Volk, wie Tau, wie Regen auf die abgezehrten Kräuter: man segnete den stillen Sonnen- und Mondglanz seines Regiments und wünschte ihm Ewigkeit und die weite Erde. Auch als *Friedenskönig* und *Fürst voll Herrlichkeit* war er Messias Vorbild – und siehe, in diese Zeit kam die Szene des Hohenliedes, der *sichtbare Segen Jehovahs*, die stille *Auszeichnung des Gottgeliebten*.

Alle Menschenglückseligkeit sprießt aus Liebe; mit ihr ist alle Glückseligkeit verloren. Als Gott den Menschen im Paradiese schuf, ward Liebe sein zweites Paradies; Gott kannte nur Einen Segen fühlender Geschöpfe: er segnete damit Pflanze und Baum, Tier und Menschen; und als der Sohn Gottes sein neues Königreich auf Erden brachte, kannte er nur Eine Pflicht und Eine Belohnung, Liebe.

Liebe ists, die sich über alles Schöne und Gute freuet, die es zu sich, sich zu ihm stimmet, zur *Harmonie*, dem Kinde des Himmels, dem mannichfaltigen *Einklange in aller Schöpfung*.

Es gibt nur Eine Liebe, wie Eine Güte und Wahrheit.

50 Sprüche Kap. 31.

Liebest du dein Weib nicht, so wirst du auch nicht Freund, Eltern, Kind lieben. Schämest du dich des Hohenliedes, Heuchler, so schäme dich auch des Weibes, die dich empfangen, und des Kindes, das dir dein Weib geboren, am meisten aber deiner selbst, Deiner!

Du siehest deine Tochter an; wie soll sie gedeihen, zum schlanken, unschuldigen Palmbaum des Paradieses oder zum Dornbusch? Du siehest deinen Sohn an; was soll er werden? der Apfelbaum und die erwählte Zeder des Hoheliedes, oder ein krummer Ast im Kote?

Zu allen Zeiten hat sich die kalte Heuchelei, das gezierte Grab voll Totengebeine und alles Unflats, an nichts so sehr, als an Liebe, geärgert; an Liebe Gottes und des Menschen, unsres Nächsten. Auch das Hohelied und die zärtesten Ausdrücke der Bibel und christlicher Lieder, sobald sie nur Braut und Verlobung nennen, dünkten ihr unerträgliche Hurensprache. Du Heuchler, sagt Christus, ärgert dich dein Auge, so reiß es aus. Ist dies helle und unschuldig, so ist dein ganzer Leib Licht; ists ein Schalk, so hilft dir nichts alles pharisäische Reinigen von außen.

Unschuld, du heilige Gottesperle! Heuchelei und Schminke, Trödelkram und gefärbtes Glas von Keuschheitpredigen und Geärgertwerden, kann dich weder festhalten noch ersetzen, wenn du dahin bist; vielmehr ist jene dein größter Feind, dein falscher Ersatz und häßlicher Nebenbuhler. Stellet zwei Kinder zusammen und lasset sie die Bibel, selbst das Hohelied Salomons in ihr lesen. Das Eine, des Unschuldsengel noch das Angesicht Gottes im Himmel schauet, wird lesen, ohne sich zu ärgern, wird sich, ohne zu wissen, warum? oder worauf?

freuen und als eine Sprosse des Paradieses emporblühn. Das andre, der philosophische Bube, der den Aktus der Erzeugung in der Schule gelernt hat, damit er wisse, woher sein Vater das Recht habe, sich seinen Vater zu nennen? wird sich gewiß ärgern und die Bibel schließen. Er sei mein Sohn nicht.

Statt also mit heuchlerischer Kälte und ehrbarem Busenlächeln vorbeizugehn und sich zu segnen, wo mans gar nicht nötig hat und wo das Segnen selbst ärgert, lasset uns auch vielmehr aus dieser süßen Unschuld Saft der Arznei für unser krankes Jahrhundert bereiten, wo es ihm so not tut. Warum schleicht und liegt ihr da so, ihr unglücklichen Schlachtopfer eurer Lüste, ihr verdorreten Salzsäulen auf Sodoms Grunde? Ists nicht, als ob ihr vom Aschen- und Totenhaufen eurer Glückseligkeit und Menschenfreude uns blaß und hohläugig zuwinktet: »Arme, wir kannten den Zweck der Glückseligkeit und des Lebens nicht durch Unschuld und ungereizte, unentweihete Blüte. Uns fehlte das Vorgefühl, die keusche Ahndung von dem, was wir Zeitlebens sein müßten und außerdem nichts sind, dem paradiesischen Segen beider Geschlechter. Darum sind unsre Angesichte verfallen und unsre Augen erlöschte Kohlen. Am Baum eines falschen Vergnügens erkrankt, stecken die Pfeile seines Zorns in uns und saugen den Saft unsrer Gebeine.« Wodurch können diese armen Geschöpfe, wenn noch Rettung da ist, gerettet werden, als durch Rückkehr zur verlornen Unschuld, durch Reiz der Tugend, Gesundheit und Fröhlichkeit zu leben, in einem lebenden Hohenliede? Unschuld allein kann Unschuld zurückbringen oder bewahren. Lieset ein Engel mit deinem Kinde, so fürchte dich nicht; auch im Hohenliede liesets die Bibel, so wie es in der Natur der Tiere Schöpfung Gottes siehet und sich nicht ärgert. Ich bin gewiß, daß sich an dem *»Adam erkannte sein Weib«* noch kein unschuldiger Knabe gestoßen hat, aber wohl an dem unkeuschen Verhüllen, an dem moralischen Kopfschütteln mit Ach und Aber. –

Bei den Juden war es Gesetz, daß niemand das Hohelied vorm dreißigsten Jahre lesen sollte; die Vorsicht war gut, und auch Luther preiset sie an; wie ist sie aber jetzt möglich? Also tue man wenigstens, was man kann, komme schädlichen Eindrücken zuvor, werde Freund seiner Kinder, lehre sie die Bibel als Wort Gottes lesen, Ehe und Liebe als Segen Gottes im Paradiese im Sinne der Patriarchen betrachten; ich glaube nicht, daß das Hohelied hiezu schädlich sein werde. Vielweiberei, unzüchtige, heidnische Liebe, schöne Natur der Ägyptischen und Ammonitischen Weiber ist nicht darin; nur Eine ist seine Taube, seine Reine, seine Liebe; sie, die Liebe ihrer Mutter, die seine Mutter ihm selbst vermählet. Ich bin gewiß, daß, wenn eine keusche Mutter mit ihrer Tochter, ein würdiger Vater mit seinem Sohn dies Lied, eben in der Absicht der Bibel durchgehet, als den Kranz reiner Jugendjahre des Gottgeliebten, als irdischen Lohn und Segen, der dem zarten Sohne Davids, dem süßen Pfleger der Gerechtigkeit und Menschenmilde von Gott wurde; jede Blume, woraus die Spinne Gift saugt, wird der frommen Biene Honig werden, dem unschuldigen Kinde ein Zweig vom Baume des Lebens.

2. Ohne Zweifel gehört hiezu, daß man mit diesem Buche Salomons auch seine *andern Schriften verbinde*

und *eine durch die andre erkläre.* Wenn sein Prediger rühmt, daß auch bei seiner Liebe und Lust zum Vergnügen noch immer *Weisheit ihm beigewohnet*, so weiset er uns damit selbst auf seine Sprüche, wo er mehr als einmal die *Weisheit* seine *Geliebte* nennt und die *Gottesfurcht* seine *Schöne.* Wie ernstlich warnt er da vor Hurenliebe, Ehebruch und Verführung! wie schildert er die Abwege der Jugend und den Reiz früher Keuschheit und den Balsam des Lebens in echter, reiner Liebe! In seinem letzten Buche, wo er auch an den sinnlichen Vergnügungen das Nichts, die Eitelkeit gnug zeiget, bleibts immer noch das Resultat seiner Beobachtungen und Erfahrungen in Gutem und Bösen: »*Freue dich, Jüngling, in deiner Jugend, ehe denn die bösen Tage kommen; habe aber auch Gott vor Augen und denke ans Gericht.*« Er bleibt dabei, daß es das Beste sei: »*fröhlich zu sein in seiner Arbeit, sich Wohlsein zu verschaffen, des Lebens zu genießen mit seinem lieben Weibe:* denn *das sei unser Teil im Leben.*« Es spricht also noch immer der Sänger des Hohenliedes und nimmt sich nicht zurück; aber er bestimmt sich jetzt aus geprüfter Erfahrung und verschweigt auch die härtesten Sachen nicht, die sich ihm in seiner Liebe und Sinnlichkeit aufgedrungen haben, nämlich, »daß hiemit das menschliche Herz nie *ganz befriedigt* werde, und daß, *wenn er unter tausend Männern einen Menschen fand, er unter tausend Weibern keinen gefunden:* denn *Gott hat den Menschen aufrichtig gemacht, aber sie suchen viel Künste.*« Wer Salomons Schriften in solcher Verbindung lieset, wird er am Hohenliede tändeln? in ihm *letzten Zweck des Lebens*, oder gar Unzucht und Ehebruch suchen, von denen Salomo ein solcher Feind ist?

Wird er nicht vielmehr sein Knie vor dir, sanfter Liebling Gottes, beugen und im Dreieck deiner so verschiednen und so einartigen Schriften beinah die Summe philosophischer Weisheit des Menschenlebens finden?

Liebe ist die größte *Weisheit*, und die größeste Weisheit selbst im ernsten Sinne des Predigerbuchs ist und bleibt *Liebe*. Liebe ist unser Königreich aus dem Paradiese: worüber wir mit Liebe herrschen, das ist gewiß unser. Je weiter wir also dieses verbreiten und je enger zugleich es an uns ziehen können, desto weiser und glücklicher sind wir, in den rechten Schranken des menschlichen Lebens. Ein frohes Herz sieht allenthalben Frühling, ein liebendes Auge überall Liebe: ihm duftet in dieser Rose sein Freund, ihm wächst in diesem Palmbaum sein Kind, seine Geliebte. Menschengestalt ist die größeste Naturschöne, und alle Naturschöne muß der Menschengestalt, der Menschenliebe und Freude dienen. Die *Weisheit Gottes*, Salomons Muse, *spielet in allen Bildern auf der Erde* und *ihre Lust ist bei den Menschenkindern*.

Wie teuer mir in diesem Betracht einige der abstechendsten Bücher der Bibel, die alle zusammenstehen, sein, kann ich nicht beschreiben. Die *drei Schriften Salomons* hinter den *Psalmen*, die *Psalmen* hinter *Hiob*: das Täubchen der Liebe hinter dem Vogel der Weisheit, und unmittelbar an ihm der Sonnenfliegende Adler, *Jesaias*. Da ist Lehre, da ist menschliches Leben! –

3. Noch unterrichtender aber wird endlich die sonderbare Entwickelung und Katastrophe selbst in *Salomons Leben*. Der *weiseste König*, und wird zuletzt der größeste Tor durch Weiber. Der *sanfteste König*, und ganz

Israel klagt ihm nach: »*dein Vater hat unser Joch hart gemacht, mache du es uns leichter.*« *Friedekönig*, und legt den Grund zum Abfall, zu ewigem Zwist und Trennung seines Volkes. *Mächtig* bis über den Euphrat, und kann zuletzt einzelne Rebellen nicht bändigen, muß seinen gesalbten Nachfolger, Jerobeam, unbezwungen dulden. *Weiser denn alle Weisen*, und vergaß zuletzt seine Kinderweisheit, die Furcht des Herren. Auch *weiser denn die Dichter*; und sein Land seufzte. *Von Ausländerinnen verehrt* und von Inländerinnen betrogen, verführt, vielleicht verachtet. *Erbauer des Tempels*, und selbst ein Abgötter: *dem zweimal Gott erschienen*, und der fremde Götter suchte. *Umgeben mit Tausenden der Weiber und Kebsweiber*, und hinterließ Einen unnützen, unweisen Rehabeam. – – Gerechter Richter! wie tief geht dein Pfeil! wie furchtbar gleich und aufwiegend hängt deine Waage! Lasset uns den 127sten Psalm, ebenfalls ein *Lied Salomons*, hören:

Wo Gott der Herr das Haus nicht baut,
  Vergebens bauet ihr;
Wo Gott der Herr der Stadt nicht wacht,
  Der Wächter wacht umsonst.

Umsonst ist, daß ihr früh aufsteht,
  Und sitzet spät in Müh,
Und eßt in Sorgen euer Brot;
  Dem Freunde gibt er Schlaf.

Auch Kinder sind des Herrn Geschenk,
  Sein Lohn ist Leibesfrucht:

Wie Pfeile in des Starken Hand
   Ist junger Söhne Stolz.

Wohl ihm, dem Mann, der ihrer voll
   Hat seinen Köcher. Sie
Erröten ihren Feinden nicht
   Beim Hader vor Gericht – –

wie freilich sein Sohn Rehabeam erröten mußte. Richter, so rächest du: die ganze Welt ist Waage der Wiedervergeltung in jedes Menschen Leben. Der zu zärtliche König wird durch seine Weiber, der zuletzt aberweise König durch einen unweisen Sohn gestraft.

Wo Salomo (menschlich zu reden) in Zügen wiederkommt, kommt auch sein Schicksal wieder. Der Jüngling, der nach zweitausend Jahren durch Kunst ein Hohelied sang, Petrarka, – leset die drei Quartanten seines Lebens und wenn auf der Einen Seite an Feinheit, Zärtlichkeit, Liebe, Freundschaft, Vielwissenschaft und Weisheit Salomo sich in ihm von fern meldet, so steht er noch deutlicher zuletzt in Ekel und Unmut der Welt, in Eitelkeit und gelehrter Langenweile da; nur freilich war die Krone des Einen Gold, des andern Lorbeer. Die vertändelte Berlocke hängt zuletzt müßig da; der müde Sänger der Liebe schreibt ein schwächeres Buch der Weisheit.

Liebe, du Tautropfe des Himmels, die süßeste der Süßigkeiten auf Erden; wie bald wird dein Honig Ekel, wenn man ihn im Übermaße genießet. Du bindest Menschen an Menschen, Menschen an Gott – ein Band fest wie der Tod, denn du sollt die Sterblichkeit überdauern; wehe aber, wer an diesem Gottesbande fasert und es in seidne Flocken auflöset! Sie verwehn, und was ist ihm blieben? O Liebe, die Christus lehrte und zeigte und ausgoß, Liebe, die Johannes in seinem Glanz bis in jene Welt hinüber malet, wie anders bist du! Eine nie versiegende Aurora; scheint sie hier unterzugehen, so geht sie mit höhern Farben in einer ewigen Welt auf!

Walle süßes Wort, mein Herz, auf! ströme süßes
Wort![51]
König höre! meine Zunge fleucht, ein Griffel, fort.

Schönster aller Menschensöhne! deine Liebe gießt
Strom der Anmut, du, der Gottes ewger Liebling ist.

Gürte Schwert an deine Hüfte, Held, und wandle fort
Prächtig, glücklich. Wie ein Kriegsroß sei dein siegend
Wort,

Und sei Gnadenwort. Die Rechte, wenn sie Schrecken
winkt,
Wenn dein scharfer Pfeil der Feinde Königsherzblut
trinkt,

Völker liegen dir zu Füßen – Gott, dein Thron er sei
Fest und ewig, deines Reiches Zepter fest und treu.

Unrecht hasse, liebe Wahrheit, Huld, Gerechtigkeit:
Denn, o Gott, drum hat dein Gott mit Freudenöl
erfreut

51 Ps. 45.

Dich vor allen deinen Brüdern. Myrrh' und Aloe
Duftet dein Gewand dir, wenn du froh, in Königshöh,

Trittst aus Elfenbeinpalästen und in deiner Zier
Dir die Königstöchter dienen und zur Rechten dir

Deine Braut in Ophirs Golde pranget. Hör' es, Braut,
Und vergiß dein Volk dir. Schaue, wem du bist
vertraut,

Und vergiß dein Vaterhaus dir, daß der König sich
Lab' an deiner Schöne. Neig' ihm, deinem Herren,
dich!

Und die Töchter Tyrus werden mit Geschenken dir
Huldigen, des Volkes Fürsten tief anbeten dir.

Prächtig ganz ist Königs Tochter. Goldgewandgeziert,
Prachtgestickgeschmücket wird zum König sie geführt.

Nach ihr eilen die Jungfrauen, die Gespielen all
Jauchzen ein in Königs Palast. Ich, mit Freudenschall,

Sing ihr: »Braut, statt deiner Väter werden dich erfreun
Deine Söhne, werden rings im Lande Fürsten sein!

Von Geschlecht hin zu Geschlechte sing' ich weit
und breit
Deinen Namen. Völker preisen dich in Ewigkeit.«

Das wäre also die lehrreiche Stelle dieses Buchs in der Bibel. Es ist ein notwendiger *Belag zu seinem Leben*, eine *Beurkundung* des *Segens*, den *ihm Gott versprach*, ein *Schlüssel zu seinen übrigen Schriften*, zusamt *seiner Denkart und dem sonderbaren Schicksal seines Alters und Ausgangs*. Unter den Büchern des alten Testaments ists eine Rosen- und Myrtenlaube im Tale des Frühlings rings umher voll schöner Aussicht auf alle Seiten der Menschheit. – –

Mich dünkt, man antwortet mir: »wohl! aber könnte das Buch nicht *noch mehr* bedeuten? sollte nicht noch ein *andrer* Sinn, ein *tieferer* Verstand *dahinter* sein?« Meinetwegen! aber was heißt das *könnte, sollte?* was wäre es für ein *anderer tiefer* Verstand? und aus welchen unumstößlichen Merkmalen wüßte man, daß und wo er dahinter sei, daß der klare Wortverstand nicht darunter litte?

Ich lese das Buch und finde in ihm selbst nicht den kleinsten Wink, nicht die mindeste Spur, daß ein *andrer* Sinn *Zweck des Buchs*, erster *Wortverstand* Salomons gewesen wäre; oder ich müßte ihn auch im Liedchen Ibrahims, in den Oden *Hafiz!*, in allen morgenländischen Liebesgedichten vermuten und aufsuchen können, die diesem Liede in äußerer Gestalt völlig gleich sind. Im *Leben Salomo's* finde ich zu diesem andern Sinne, er solle nun historisch oder mystisch oder metaphysisch oder politisch sein, noch weniger Grund: denn die Mystik war Salomons Weisheit nicht, noch weniger Metaphysik und scholastische Kirchengeschichte. Seine Weisheit war klarer Sinn in Anschauung der Dinge des Lebens, feiner Scharfsinn, ausgebreitete Naturweisheit.

Wozu die spätere arabische Sage auch den weisen Salomo machte, sogar zum Zaubrer und Teufelsbanner; zum mystischen Kopfhänger und Schwindler ins Wüst' und Leere, oder zum Kompendienschreiber der christlichen Kirchengeschichte hat sie ihn nie machen mögen.

Auch siehet man es schon der Art des *neuen* Sinnes selbst an, wes Geistes Kind er sei? nämlich das Schoßkind jedes einzelnen müßigen Geistes. Er trägt immer die Gestalt seines Vaters, des Erfinders: fühlte der fein, so ist auch die Seide des Märchens fein, die er aus Salomo spinnet; ist er grob, so kommt auch so ein dickhäutiges Schiffseil von Allegorik heraus, daß dem Leser die Nerven zittern. Sei es aber auch fein wie Spinnwebe; es ist nur immer angesponnenes fremdes Gewebe, wenn es nicht aus der Schrift Salomons *natürlich* wächst und *von selbst* gleichsam *sich aufdringet.* – – Wenn Rabbi Juda fragt, warum es das Hohe Lied heiße? und antwortet: »weil, wer dies hört, in seinem Gemüt mit himmlischen Sachen verbunden werde?« so kann ich die Feinheit der Antwort wohl leiden. Es gefällt mir, wenn der Sohar sagt: *»Schwarz, aber gar lieblich* – das ist die israelitische Kirche, schwarz um ihrer Gefangenschaft, lieblich um des Gesetzes und ihrer Frömmigkeit willen.« Oder, wenns heißt: *»unsrer Häuser Balken sind Zedern*, d.i. der Tempel des Herrn durch die Hand Salomo war Zedernholz; der Tempel des Herrn, der zur Zeit des Messias wird erbaut werden, dessen Balken werden sein Zedern des Paradieses.« *Die Turteltaube läßt sich hören:* »das ist die Stimme bei der Ankunft des Messias.« *Wer ist die hervorbricht, wie die Morgenröte?* »das ist die Erlösung des Messias; wenn der Messias kommt, wird eine Finsternis auf die Königreiche der Welt fallen« – – *Auf den Würzbergen.* »Unter allen Pflanzen und Bäumen ist keine kleiner und niedriger, als da das Gewürz darauf wächst; also die Heiden, die mit den Dornen verglichen werden, haben weiten Raum« – – Solche und unzählich andre Deutungen sind fein: sie sind gleichsam moralische oder poetische oder philosophische *Anwendungen*, wie die jüdische Auslegungskunst liebt und in feinen Gesetzen bestimmt: den natürlichen Wortsinn aber müssen sie weder ersetzen noch verdrängen wollen, sonst sind sie verführend, und auch wo sie am sinnreichsten und schönsten auffallen, sind sie Anwendung, Poem, Figment, Eigentum ihres Erfinders. So auch manche mystische Auslegungen des Hohenliedes durch Christen; sie enthalten ein Meer von Empfindungen, feinen Gedanken und lieblichen Gespinsten, davon die Seele des Auslegers voll war und sie doch irgendwo ausgießen wollte; er faßte sie also in dies liebliche Gefäß. So haben ja Sarbievius, Jo. Angelus und viele andre, die einzelne Worte des Hohenliedes auf den Gegenstand, den sie in Gedanken hatten, *poetisch* ausgebildet, und man sieht leicht, daß in einer so zarten Sprache des Herzens, bei den so abwechselnden Gestalten und Szenen aller Menschenschöne, Liebe und Freude, Raum für die Empfindungen einer ganzen Welt ist. Aber ewig bleibts gewiß: das ist *Anwendung*, nicht Wortsinn; ein neues Gefäß aus dem zarten edlen Leim gemacht, nicht aber seine *Urgestalt* und erste Lage; es ist ein abgeleitetes, tausendfach versetztes Wasser, nicht die klare *Quelle* des Ursprungs. Lasse ich mich da durch einen feinen Rabbi verführen, der mich vom ersten notdringenden Wortverstande weglocket, so stehe ich gleich einem groben bloß, der ankommt und also redet: *Er hat mich in den Weinkeller geführt*; die Braut redet die Diener des Bräutigams an: erhaltet mich mit den Flaschen des geistlichen Weins im Sakramente. *Fahet uns die Füchse*, d.i. die Ketzer, so Christi Weinberge verderben, und die *kleinen Füchse*, d.i. die heimlichen Ketzer, so die Partikularkirchen verderben. Siehe, *um das Ruhebettgen des himmlischen Salomons stehen sechszig Starke*, nämlich heilige Engel und Gottesgelehrte, *alle angetan mit Schwertern*, und verstehen die Streitkunst. *Deine Zähne sind weiß*, d.i. deine Lehrer sind einmütig und orthodox in Untersuchung der Ketzereien, du wirst disputatores bene dentatos haben. *Deine Lippen zwo Purpurfäden*, das Symbolum Nicaenum und Athanasianum. *Mein Freund ist hingegangen zu den Würzgärtlein*, d.i. zu den neuen Partikularkirchen im 7ten Saec., zu den Franken, Schwaben, Westphälern, zu den Sachsen und Thüringern, u.f. *Dein Nabel wie ein runder Becher*, ist der wiederhergestellte Kelch im Abendmahle, und *dein Bauch wie ein Weizenhaufe*, da die Irrtümer verworfen sind von Fegfeuer, Seelmessen und von Verdienst der Werke. *Deine zwo Brüste*, die Mittel der Seelennahrung, das evangelische Wort und die heiligen Sakramente – – und so gehts zum *Tor Bethrabbim*, zum *Elfenbeinern Turm*, d.i. zu der durch den *Hals* der Lehrer rein vorgetragnen Lehre, zur *Nase*, dem Emblemate des Zorns über die Feinde der Kirche, zu den *Haaren*, dem Bilde der Unterwerfung der Lehrer unter keinen als Christum, und zum *Palmbaum*, dem Westphälischen Frieden, zu denen durch die *Kehle* gepredigten Lehren, die die Lippen der *Schlafenden* redend machen, und zur *Linken, die das*

Haupt unterstützt, d.i. dem Collegio evangelischer Lehrer. Bis endlich die *Töchter Jerusalems*, d.i. das Chor der Theologen singet: *Unsre Schwester ist noch klein*, die aus Gog und Magog hervorwachsende Kirche: *noch hat sie keine Brüste*, d.i. keine ordentliche Lehrer. *Wir wollen über sie bauen einen silbernen Palast* für die Lehrer des Evangelii: *denn dem himmlischen Salomo gebühren 1000 Silberlinge* für den Weinberg, *200 den Hütern* zum Gnadenlohne. – – Man spürt wohl, daß kein Rabbi die Deutung gemacht, indessen zweifle ich, daß der König Salomo glorwürdigen Andenkens so lutherisch werde gedacht haben; – – Luther selbst dachte nicht also![52]

Salomo ist nicht der Einzige, dem es so geht; heilige und Profanskribenten, insonderheit Dichter, je einfältiger, klärer und tiefnatürlicher ihre Worte sind, destomehr wird man sie mit *Auslegungen salben* und in ihr schönes weites Zelt Sachen hineintragen, an die sie wahrlich nicht dachten. So gings Homer, Dante, Petrarka, ja selbst der ehrlichen Voluspa: man hat in ihnen alle Weisheit und selbst die Goldmacherkunst gefunden; indessen wer fand sie darin? nur Narren oder Kinder.

Es ist gut und löblich, daß ein biblisch Buch biblisch und ein zärtlich Buch zärtlich angewandt werde; ja wir haben darin die schönsten Vorbilder an den Propheten, Christo und den Aposteln. Sie brauchen Ausdrücke, Bilder, Vorstellungsarten des Hoheliedes, jeder auf seiner Stelle, in seinem Zweck und Sinne. Das ist jemanden so wenig untersagt, als ja im Gegenteil jede Speise, die wir

52 Neque hoc placet, ut exponamus de coniunctione Dei et Synagogae – – Luther.

genießen wollen, verdaut, in unsern Saft verwandelt werden und also gewisser Maße ihre Natur verlieren *muß*. Es wären Pedanten und Wortkrämer, die uns am Hohenliede nur Hebräisch lehren und Anakreontisch singen lehren wollten; weitere Anwendung und Seelenspeise daran aber untersagten. Ist die Natur, wie Süßigkeit und Liebe, überall nur Eins; wo dir dein Herz eingibt, mit den Worten dieses Buchs zu beten, zu reden, zu betrachten, zu lieben; da kannst du's so ungehindert tun, als Jesaias, Christus und Johannes es taten. Jede Blume wird gleichsam frisch blühen auf dieser neuen Stelle, und deine Seele, dein Mut, ja dieser Ort und diese Stunde werden ihr frische schöne Farben leihen; jedermann aber siehet, daß diese unendlichen, so augenblicklichen, so unbestimmbaren *Anwendungen* den Ersten *Wortverstand* nicht aufheben, sondern *voraussetzen, bestätigen* und gleichsam *bewähren*. Gerade wer zuerst dies Eine im Hohenliede ganz und treu fand; kann nachher in der Anwendung alles daher brauchen, dagegen wer im Wortverstande tappt und irret, auch in jeder einzelnen Anwendung straucheln oder lahmen wird. – – Lasset uns also, damit man mir nicht die Ehre erzeige, mich unter die neuen Reformatoren zu rechnen, die für lauter klarem Wortverstande der Bibel von der mindesten Anwendung derselben nicht wissen wollen, noch einige Worte von dem *kirchlichen Gebrauche* dieses Buchs und seiner gewöhnlichen *Anwendung* so viele Jahrhunderte her reden.

Schon Jesaias betrachtet die Kirche Zions als *Gottes Braut* und den Herren ihren Gott als *Mann* und *Bräutigam*. Hoseas, Jeremias, Ezechiel, die andern Propheten führen dies Bild fort und tun an sie unter demselben die ernstlichsten und zärtlichsten Worte. Im neuen Testament wird Christus *Bräutigam* seiner Kirche und Johannes ist nur *Freund des Bräutigams*, der sie ihm zuführet. Christus in verschiednen Gleichnissen, die Apostel in den stärksten Ermahnungen, Johannes Offenbarung endlich in der lieblichsten Hoffnung bestätigen dies Bild so sehr, daß es sogleich, nachdem der Kanon geschlossen war, allgemeine Vorstellungsart, und bei den ältesten Kirchenvätern eine Lieblingsidee ward, zu der das Hohelied Salomons den reichsten Stoff der Ausschmückung leihen und geben konnte. Sie schütteten also auch in ihren Homilien, Glossen, Kommentarien über dies Buch die Fülle ihres Herzens aus, jeder, wie er die Kirche sah und fühlte. Zart oder feurig, klagend oder jauchzend; nachdem sie ihm *schwarz* oder *lieblich* erschienen. Ohne Zweifel war dies auch die Ursache, warum der ehrliche Luther in ihm Trost über die Verwaltung des Regiments suchte; seine Zeit und Er hatten dieses Trostes nötig. Er schrieb nämlich über dies Buch gerade in dem *hämischen* Jahr, wie ers nannte, 1538, da der heilige Bund wider die Protestanten zu Stande kam, er den Verdruß mit Lemnio hatte, und auf der andern Seite die Ausbreitung seiner Lehre doch nicht nachließ. Da seine Seele immer *das* Anliegen ausgoß, das sie zunächst drückte, so brachte ers auch jetzt in die Bücher, die er erklärte, oder vielmehr, an denen er sich stärkte und labte. Er sagts ausdrücklich in seiner Vorrede[53] und war übrigens mit den Auslegern

53 Nos referimus inter enarrandum nostras cogitationes eo, ut hic quoque liber tum doctrina ad vitam utili, tum consolationibus nos erudiat. Praef. in cantic. cantic.

nicht zufrieden, »die es von Vereinigung Gottes mit der Kirche (Synagoge) oder mit den Tropologisten, die es von der gläubigen Seele auslegten; ex his enim sententiis quis quaeso fructus percipi potest?« Übrigens hielt er das Buch für dunkel, und wollte nichts, als seine Meinung, d.i. die *Anwendung* sagen, die ihm damals so nahe lag.

Es kann wohl kaum geleugnet werden, daß nicht auch manche mystische Ausleger diesem Drange des Herzens nachgegeben und damals nicht anders, als so, über dies Buch schreiben können? Hat Christus seiner Kirche immer gegenwärtig zu sein versprochen und sich mit ihr in Ewigkeit verlobet; warum sollte ers nicht auch jeder einzelnen gläubenden Seele sein, da die Gemeine der Kirche ja eben aus lauter einzelnen Gläubenden bestehet? Mit je mehr Reinigkeit und Innigkeit man also die Vereinigung Gottes mit dem Menschen fühlte; desto inniger wandte man auch die Sprache dieses Buchs an, in dem nur Liebe redet. Man siehet aber, es war nur *Anwendung*, sollte und konnte nur *Anwendung* bleiben, dem ersten Sinne Salomons völlig unbeschadet: denn sogar der Schluß vom Allgemeinen auf jedes einzelne Glied der Kirche war schon Anwendung. Auf diesem Wege wird noch bis jetzt jedermann von einzelnen Stellen des Liedes Gebrauch machen können, wie sie ihm jetzt sein Herz und Anliegen eingibt; gnug, wenn sie dem gesamten Worte Gottes und der daraus gezognen Regel des Glaubens nicht widersprechen.

Und daß die obige *kirchliche* Anwendung, von der die genannte Erklärung Luthers nur ein gereinigter blühender Zweig ist, derselben nicht widerspreche, sondern im höchsten zustimme, ist gewiß. Wer nimmt sich der Kirche an, wenn sich Christus ihrer nicht annimmt? Er, der sich mit Blute des Herzens seine Braut erkaufte und sie mit dem Wasserbade seines Geistes sich unsträflich wusch, sie auch in ihrer Niedrigkeit liebet, bis sie einst herrlich vor ihm erscheine. Es sind also eben nicht die züchtigsten Ohren, die diese ganze Vorstellungsart, die doch biblisch und nicht nur Wort, sondern Sache ist, überall ausreuten wollen und sich auch in Sprüchen, in alten treugemeinten Liedern daran ärgern. Die Kirche, die ihr im Sinne habt, mag freilich ohne Christo sein! sie hat auch seiner nicht nötig.

Überhaupt ist *Kirche*, *Staat*, *Ehe*, und die einzelne *Menschheit*, wie sie in allen dreien gepflegt oder gemißhandelt wird, Ein Ding; überall ohne Gott nichts, und überall, aufs zärteste betrachtet, *Braut* Gottes an der Hand Jesu Christi: ein *Siegel auf seinem Arm*, ein *Gepräge auf seinem Herzen*. Paulus schämt sich nicht, auch in der Ehe[54] ein Bild Christi und seiner Gemeine zu finden: das Verhältnis des Herrn zu seinen Untertanen, dem Lande, dem er *vermählt* ist, wird nie ein besseres finden, und in Absicht des Diensts der Kirche hat Paulus ebenfalls gezweifelt: ob der, der seinem eignen Hause nicht vorzustehen wisse, je die Gemeine Gottes versorgen werde? Die allgemeinen Bande dieser Einrichtungen, die *lebendige Bauart* dieser nur verschieden *genannten* Gebäude ist also Eins; und der Geist derselben Ein Geist – *Liebe*. Je mehr nun ein Mensch die Wohltaten Gottes gegen Eins oder das Andre, die geheime und süße Zutätigkeit des freundlichsten Wesens durch die, so seine

54 Eph. 5, 22f.

Stelle vertreten, hienieden fühlt; destomehr ist Vorrat in seinem Herzen, das Buch hie oder dahin zu deuten. Und so deute ers, nur keusch und züchtig, daß es weder Spiel noch Ärgernis werde; und nie vergesse mans, daß es *Anwendung* sei, nicht ursprüngliche Absicht, sonst wird *Eine* Anwendung die andre hassen und verfolgen, da sie doch alle, und unzähliche ihrer, Schwestern unter einander und Töchter *Eines Wortsinnes*, des Textes der Liebe, sein und bleiben. Auch der Kirche bleibe die Ihre, denn sie ist sich selbst die nächste.

Und so habe ich Lust, diesen Abschnitt mit der klärsten Mystik zu schließen, die das Buch enthält, mit dem *goldnen A. B. C. der Weiber*, am Ende der Sprüchwörter des Sängers der Liebe:

Wem ein Weib von Tugendart
Solch ein Weib bescheret ward;
Über Perlen geht sein Gut.
Fest an ihr ist Mannes Mut.

An ihr hat er Beute gnug;
Treue sonder List und Trug,
Liebe, sonder Leid und Zwang,
Gibt sie ihm sein Lebenlang.

Flachs und Wolle zu Gewand,
Wirkt sie ihm mit muntrer Hand,
Ist ein Schiff, das Schätzeschwer
Ferne bringet Nahrung her.

Noch ist Nacht; sie teilet schon
Speis' und Arbeit aus und Lohn,
Sorget für das Feld und sieht,
Wie nun ihr der Weinberg blüht.

Gürtet sich zu mehr Gewinn,
Stärket neu sich Arm und Sinn,
Denn sie schmecket, wie so süß
Sei ihr Segen und Genieß.

Ganze Nächte brennt ihr Licht,
Brennet und verlöschet nicht;
Greift zum Rocken, spinnet frisch
Und ernährt der Armen Tisch,

Öffnet ihnen volle Hand,
Und ihr Haus hat reich Gewand.
Wenn des Winters Schnee einbricht,
Hat es Schutz und fürchtet nicht.

Nach der Notdurft sucht sie Zier,
Schaffet Purpurdecken ihr,
Weiße Seide zum Gewand,
Denn ihr Mann wird schon genannt

Mit den Edeln, hält Gericht –
Sie erhebt sich dessen nicht;
Stickt der Schleier, Gürtel mehr
Für die Töchter überm Meer,

Und ihr Schmuck ist Reinigkeit,
Froher Blick auf späte Zeit.
Klugheit öffnet ihren Mund,
Huld und Sitte tut er kund.

All ihr Haus durchschauet sie,
Gibt ihr Brot der Faulheit nie;
Darum preist sie ihr Geschlecht
Und ihr Mann frohlocket recht:

»Viele Dirnen, frisch und reich,
Sah ich; dir war keine gleich.
Aller Schönheit Reiz vergeht,
Gottesfurcht im Weib' besteht.

Solch' ein Weib verdienet Ruhm,
Ihrer Tugend Eigentum,
Gebt ihr ihrer Hände Lohn,
Dank und Preis im Heldenton.«

Zu dieser Ausgabe

insel taschenbuch 2643: Der vorliegende Band folgt der Ausgabe: Johann Gottfried Herder, Werke in zehn Bänden. Bd. 3: Volkslieder, Übertragungen, Dichtungen, hg. von Ulrich Gaier. © Deutscher Klassiker Verlag Frankfurt am Main 1990. Umschlagabbildung: Pierre-Paul Prud'hon, L'Enlèvement de Psyché, 1808.

»Lyrik«

Anthologien im insel taschenbuch
Eine Auswahl

An mein Kind
Gedichte an Töchter und Söhne
it 2227. 146 Seiten

Gedichte und Interpretationen
aus der »Frankfurter Anthologie«
Hg. Marcel Reich-Ranicki
it 794. 346 Seiten

Die schönsten Liebesgedichte
Hg. Sigrid Damm
it 1872. 167 Seiten

Ganz mein Herz dir hingegeben
Gedichte der englischen Romantik
Hg. Norbert Kohl
Mit farb. Abbildungen
it 2180. 233 Seiten

Gedichte berühmter Frauen
Von Hildegard von Bingen
bis Ingeborg Bachmann
it 2555. 384 Seiten

Das Poesiealbum
Verse zum Auf- und Abschreiben
Mit Bildern und Vignetten
Ausgewählt von Elisabeth Borchers
it 414. 138 Seiten

NF 20/1/4.00

»Liebe«

Anthologien
im insel taschenbuch

An mein Kind
Gedichte an Töchter und Söhne
it 2227. 146 Seiten

Liebe Mutter
Eine Sammlung von Elisabeth Borchers
it 230 327 Seiten

Casanova-Geschichten
Ausgewählt von Erich Kleßmann
it 2117. 361 Seiten

Die Kunst der Verführung
Hg. Birgit Haustedt
Mit zahlreichen Abbildungen
it 1837. 279 Seiten

Der Kuß
Von der schönsten Sache der Welt
Hg. Doris Maurer
it 2168. 190 Seiten

Matrosen sind der Liebe Schwingen
Homosexuelle Poesie von
der Antike bis zur Gegenwart
Hg. Joachim Campe
it 1599. 188 Seiten

NF 19/1/4.00

Über die Liebe
Gedichte und Interpretationen
aus der »Frankfurter Anthologie«
Hg. Marcel Reich-Ranicki
it 794. 346 Seiten

Die schönsten Liebesgedichte
Hg. Sigrid Damm
it 1872. 167 Seiten

Die schönsten Liebesgeschichten
Ausgewählt von Elisabeth Borchers
it 2213. 375 Seiten

NF 19/2/4.00